「や……だ、これ……ぁ、あ、あっ」
これ以上ないほど奥まで押し込まれてすぐ、身体を軽く揺すられた。その瞬間、覚え込まされたところから強烈な快感が湧き上がり、奔放な声が次々と溢れる。
（本文より）

カバー絵・口絵・本文イラスト■麻生海《あそうかい》

BBN
B•BOY NOVELS

純愛の仮面舞踏会《マスカレード》

うえだ真由

この物語はフィクションであり、実在の人物・団体・事件等とは、いっさい関係ありません。

CONTENTS

純愛の仮面舞踏会《マスカレード》

眩《まぶ》しいダウンライトの下でグラスに氷を入れていた佐野出帆《さのいずほ》は、ふと目の前に影が落ちたのに気づいて顔を上げた。ワンピースとドレスの中間のような服を着た女性が、水割りが半分ほど残ったグラスをカウンターに置きながら無表情で口を開く。

「水」

「はい」

短く応えて、出帆は新しいグラスに氷と水だけを注いだ。カウンターに置くや否や女性はグラスをさっと取り、礼も言わずに立ち去ってしまう。

なんだかな、と思わずにはいられない。こういうことはすっかり慣れっこになっているが、一言あってもいいのにと思ってしまうのだ。

ただ――。

『いいか、石ころになったつもりで』

幾度となく繰り返された注意を思い出し、出帆は黙って女性が持ってきたグラスを洗い始めた。言われなくても裏方として出すぎた真似《まね》なんかするつもりはないが、そもそも向こうがこちらを石ころ同様に思っている気がしてならない。ここにいるバーテンダーを、人間というよりロボットか何かのように思っているのではないだろうか。

これだから金持ちって人種は……と内心でため息をつきつつ、出帆は根性で表情にそれが出るのを抑えた。

今夜、出帆は都心三区にあるタワーマンションのパーティルームに来ていた。アルバイト先のバーの出張サービスのためだ。パーティの参加者にアルコールを振る舞うだけの仕事だが、いつも最低限の人数で来ているために結構きつい。今夜も、参加者が二、三十人いるのだが、出帆と海野《うんの》の二人だけで切り盛りしているので大変だ。出張のときはかなりの手当てがつくので嬉《うれ》しいのだが、世間はそう甘くない。手当て分、店で普通にアルバイトをするときよりも相当な体力を要する。

しかし、出帆は人数を増やせないのだろうかと思ったことは一度としてなかった。ぎりぎりの人数しか派遣されない理由は、ここで行われていることが外部に漏《も》れないようにするためだとわかっている。ここで見たこと聞いたことは、決して誰にも喋《しゃべ》ってはいけない。文字通り墓場まで胸に秘めておかなければならない秘密なのだ。

このアルバイトを始めてから、いろんなことを知った。住民限定で使用できるパーティルームを有するマンションがあること、そこはシンクやカウンターが設《しつら》えられていてグラスやアルコール類を持ち込めばちょっとしたパーティができること。高級マンションは内装がとても洒落《しゃれ》ていてホテルのように豪華なこと、都心に聳《そび》え立つマンションからの夜景はため息が出るほど煌《きら》びやかで目を奪うこと。

そして、金持ちとはどうやら暇な人種であるらしいこと……。

「佐野くん」

「はい」

アルバイト先のバーの雇われ店長であり、今夜の出張サービスの責任者でもある海野に呼ばれて、出帆は手早くグラスを拭《ふ》くと近づいた。パーティの参加者は楽しそうに談笑し、所々では酔いが回っているのか大声や馬鹿笑いも聞こえてくるが、今日はかなりお行儀がいい方だ。そう思っていても、とんでもない乱痴気騒《らんちきさわ》ぎに急展開するときもあるので、油断はできないけれど。

海野は傍《そば》まで来た出帆の耳に口唇を近づけ、小さな声で言う。

「佐野くん、ちょっと任せていいかな。氷買ってくる」

「あ、俺が行ってきます」

社員より、アルバイトの自分が行くべきだ。慌《あわ》てて手を拭きながら言うと、海野は苦笑して首を振った。

「いや、ついでにちょっと寄り道したいからいいよ」

煙草《たばこ》を吸うジェスチャーをした海野に、そういうことかと出帆は頷《うなず》いた。今は一段落して一人でも充分対応できるし、ゆっくり行ってきてくださいと海野を送り出す。

拭いたばかりのグラスを並べ、手際よく氷を落としていきながら、出帆はぐるっとフロアを見回した。

パーティの参加者たちは、主に二十代から三十代半ばの男女。しかし十代と思《おぼ》しき若い女性がいたり、明らかに四十を超えている男性がいたりして、かなり年齢にばらつきがある。服装にも統一感がない。女性は概《おおむ》ね普段着よりも少しドレスアップした恰好《かっこう》だが、男はネクタイをきっちり締めたスーツからラフなジーンズ姿まで様々だ。

唯一彼らに共通しているのは、明らかに経済力があることだった。女性はそうでもなさそうだが、その代わりみんな若く、相当な美貌《びぼう》の持ち主だ。

「えー、やだぁ」

けたたましい声で笑った女性に辟易《へきえき》しつつ、出帆は黙々と水割りを作っていく。

ここにいる人間は全員、いわゆる『セレブ』や『勝ち組』と呼ばれる人種だった。月に何度かこうして集まって、親睦を深めている。

親睦を深めるというより、もっと有体《ありてい》に言うと、高級な合コンだ。メンバーのうち何割かは固定の面子《メンツ》だが、残り――特に女性はどんどん顔ぶれが変わる。最初から最後まで全員が仲良く飲んでいることはまずなくて、気に入った相手と連れ立って途中で抜けていく人間も多い。

こういう集《つど》いがあるらしいということは、たまに芸能ニュースなどで耳にしたことがあるが、出帆はどこか半信半疑だった。実際に目《ま》の当たりにして「本当に存在したんだ」と驚き、そのうち内情を知ってさらに愕然《がくぜん》とした。

この手のパーティに来る男はやり手の青年実業家だと思っていたのだが、一年ほど裏方として見続けてきた出帆の印象としては、父親や祖父が大手企業の会長や社長だったり政治家だったりという『御曹司《おんぞうし》』が圧倒的に多い。最初の頃、この人たちは忙しいはずなのに夜な夜なパーティなどして大丈夫なのだろうかと思ったのだが、本人がそれなりの要職に就いているのではないのだから、時間の都合がいくらでもきくということのようだ。

また、びっくりするくらい綺麗《きれい》で若い女性は、良家のお嬢様ではなく芸能関係者だということも知った。とはいえ、年相応に世間の流行を知っている出帆でも顔や芸名を知らない人ばかり。

いつだったか、海野が「女優やモデルの卵と言えば聞こえはいいけど、ぱっとせずに燻《くすぶ》ってる感じかな。売れない女優業に賭《か》けるより、ここで玉の輿《こし》に乗りたいと思ってる女性が大半じゃないか」と教えてくれたことがある。確かにテレビ画面を通して見たことはない女性ばかりだが、みんな大学や街中で見かける女性とは明らかに違って垢抜《あかぬ》けたオーラがあって、こんな人たちでも売れないなんてと驚いたものだ。

このアルバイトをすることになった一年半前のことを、出帆はふと思い出した。

『割のいいバイトあるけど、する?』

普段は滅多に店に顔を出さないオーナーの櫻井《さくらい》に笑顔でそう尋ねられたときは、何か怪しげなことをさせられるのだろうかとドキドキしたものだ。

高校を中退して水商売の世界に入り、下積み時代を経《へ》て小さなバーを開いた櫻井は、今では都内の繁華街に四軒の店を持つ敏腕経営者。まだ三十二歳という若さで幾つもの店の経営を軌道に乗せている、出帆の憧れのオーナーだ。

出帆をわざわざ無人の個室に呼んで切り出した櫻井は、反応を楽しむような笑みを口許《くちもと》に浮かべながら、淡々と言った。

『海野に聞いたけど、稼ぎたいんだってな。月に数度、ボーナス出る仕事あるぞ。ただし一つだけ条件がある。そこで見聞きしたことは、決して口外しないこと』

『決して……』

『そう。それさえ守れりゃ、おいしい仕事だと思う』

続けて聞かされた仕事内容とボーナスの額は出帆には驚くべきものだったが、迷った末、出帆は結局引き受けた。怪しい仕事でもなさそうだったし、とにかく金を稼ぎたかったからだ。

諸事情のため、大学生の出帆が地方の実家から毎月受け取る仕送りは、たったの三万円。家賃だけで完全に足が出ているとても切ない状況で、食費や光熱費を切り詰めながら暮らしている有様だ。親の事情も知っているし、贅沢《ぜいたく》な生活を送りたいなどとは微塵《みじん》も思っていないが、せめて毎月の家賃と同額の仕送りをもらえたら肉体的にも精神的にもずいぶん楽なのに、と思うこともしばしば。

そんな出帆にとって櫻井の話は願ってもないもので、断る理由もなかった。

絶対に他言無用だと念を押した櫻井に、どうして一介のアルバイトである自分が選ばれたのかと聞くと、櫻井はあっけらかんと言った。

『幾つもあるぞ。まず、仕事に責任感があってこれまで無遅刻無欠席。うちでバイトを始めてから一年以上続いてる。それから客との距離の取り方が上手《うま》い。口も堅い。身元がはっきりしてるし、一般的な常識や倫理観が備わってる』

オーナーである櫻井はあまり店に来ないので、アルバイト一人一人の働きぶりを詳しく知るはずもない。海野が説明したのは明白だったが、ずいぶん誉《ほ》めてくれたようだった。照れてしまった出帆を隙《すき》のない目でしばらく眺めた櫻井は、最後にこう付け足した。

『容姿も悪くない。取り立てていいってほどじゃないけど、背がそこそこある上に姿勢がいいから見栄えがする。薄暗いライトの下だと、三割増によく見えるタイプだ』

誉められた気はしなかったが、出帆はありがとうございますと応えた。そして、言うだけ言った櫻井は、お前ならたぶん大丈夫だというように肩を叩《たた》くと、多忙なオーナーらしくすぐに店を出て行ってしまったのだった。

初めてこの『出張』に来たとき、出帆は言葉にできないくらいの興奮を味わった。空間を贅沢に使った洒落た内装、一度視界に入るとそのまま目が離せなくなるほど綺麗な女性たち、その中でも物怖《ものお》じせずに堂々と楽しんでいる男性陣。すべてが今まで見たことのない世界で、まるで夢のようだった。バーでアルバイトを始めてから、いろんな人を見て視野が広がったと思っていたけれど、ここは別格だ。裏方とはいえ同じ空間にいることが信じられなくて、煌びやかな世界の一端を友人の誰にも話せないのは残念だと思った。

けれど、そんな感動も回数を重ねるごとに薄れ、今では何の感慨《かんがい》もない。

別世界の住人だからこそ、出帆はここに集う男に憧憬《どうけい》のようなものを抱いていた。みんな才覚があって、金も地位も手に入れているなんて凄《すご》いと思っていたのだ。ところが、知れば知るほど幻滅することだらけ。

女性を熱心に口説くその口からは、出帆のような裏方に対しては横柄極まりない言葉しか出てこない。酔っ払ってグラスを割っても床を汚しても、当たり前のように出帆に片づけさせて謝罪の一言もない。耳に入ってくる会話の端々は自慢ばかりで、辟易することも多い。

女性の方も、同じようなものだ。出帆たち裏方は空気のごとき扱いなのに、狙いを定めた男性にはあからさまに媚《こび》を売る。裏表がはっきりしすぎていて、最初の頃の興奮はあっという間に醒《さ》めてしまった。

何より出帆が驚いたのは、ここに集う男女ともかなり乱れていることだ。出帆が常識として身につけた倫理観や貞操観念とは、百八十度違っているとしか思えない。初めの頃は、熱心に相手を求める男女たちに恋人を探しているのかなと思っていたが、こと男性に限ってはそうではなく、ひと晩限りの遊び相手を物色しているふしがある。女性の方も、それをわかっていてついていくのだから世も末だ。興が乗ってくるとフロアの中でいやらしく身体をくっつけたりキスをしたり、初めて見たときは信じられなかった。

今は大学とアルバイトが忙しくて彼女がいない出帆だが、高校時代や大学に入学してすぐの頃は付き合った子がいた。いい加減な気持ちで付き合ったことは一度もなく、時間をかけて少しずつ互いをわかりあおうとしたし、それは相手のことがとても好きだという純粋な好意が原点となっていた。こんな、気軽に声をかけたり遊びで寝たり、ましてや酔っ払って人前で淫《みだ》らに抱き合ったりなんて、絶対にしたくない。

夢が壊れたので、いつか自分もこのように成功したいという淡い願望のようなものは完全に消え失せている。やっぱり平凡がいちばん、身の丈に合った暮らしが送れるなら、それがきっと最高の幸せ。

そんなわけで、今の出帆はもう、アルバイト代のためだと割り切って働いている状態だった。

宴《うたげ》は盛り上がっている。今夜も儚《はかな》いカップルが何組か成立しそう……と、半ば呆《あき》れつつグラスを回収していた出帆は、フロアの中に目立つ長身がいるのに気づいて手を止めた。あの人来てるんだ、と内心で呟《つぶや》く。

別に、知り合いというわけではない。出帆が彼について知っているのは、『理人《まさと》さん』という名前らしいということと、かなり羽振りがいいらしいということだけ。名字も職業も年齢も、その他のことは何も知らない。

もしかしたら、彼だけは女性と同じ芸能関係だろうかと思ったこともあった。漏れ聞こえる会話の端々から、そうではなく資産家の一人だということはわかったが、そう思うのも無理はないほどの恵まれた容姿なのだ。引き締まった長身は細身ではあるものの決してひ弱な印象ではなく、がっちりした肩幅や胸が適度な筋肉を纏《まと》っていることを教えてくれる。きりっとした意志の強そうな眉《まゆ》にすっと通った鼻梁《びりょう》、奥二重《おくぶたえ》の涼しげな目許が男を上げていた。資産はあるのだろうが容姿は平凡な男が大半を占める中、モデルか俳優ばりの容姿を誇る彼は目立つ存在だ。

ほぼ毎回のように参加しているメンバーも少なくない中、彼は二、三ヵ月に一度くらいしか顔を見せない。パーティが始まってだいぶ経《た》った頃にふらっと現れ、夜が更《ふ》ける前にさっさと出て行く。出て行くときは、必ず女性連れだ。人気があるらしく――相当な資産を持っているらしい以上に、あの容姿だから当たり前かもしれないが――声をかける女性は多い。彼はその中で気に入った相手を選び、一緒に会場をあとにしているようだった。

十把一絡《じっぱひとから》げの参加者の中で出帆が彼を認識しているのは、唯一、とても短い会話を何度か交わしたことがある人物だからだった。裏方とばかりに顎《あご》で使われるか、完全にいないものとして無視されるかだから、たとえ必要最低限の一言でも印象に残る。

今夜も、彼は女性に取り巻かれていた。居並ぶ女性はみんな綺麗で、スタイルもいい。もし自分がこの中から一人選べと言われても、きっと迷ってしまって決められないだろう。

まぁ――そんな場面に遭遇することは、天地が引っくり返ってもないだろうけど。

内心でそんなことを考えつつ、表情には一切出さずに、しばらくアルコールを作ったりグラスを洗ったりしているときだった。

「……？」

ふと目の前に影が落ち、顔を上げた出帆は、『理人さん』が来ていることに気づいて心持ち姿勢を正した。既に作って並べてある水割りのグラスの一つを手に取ろうとした彼に、声をかける。

「ちょっと待ってください」

そう言うと、出帆は背後の冷蔵庫を開けた。店から持ってきたものしか入っていないガラガラの庫内から、小さなタッパーウェアを取り出す。

蓋《ふた》を開けると、オレンジのスライスが顔を出した。出帆が店から用意してきたものだ。

新しいグラスに水割りを作ると、出帆はマドラーでゆっくりと攪拌《かくはん》した。氷に液体が馴染《なじ》むのを待つ。

出帆が彼を個別認識したきっかけが、このオレンジスライスだった。

出張アルバイトを始めて少しした頃、いつものように黒子《くろこ》に徹した出帆が黙々とグラスを並べていると、彼が「オレンジある？」と聞いてきたのだ。

設備が揃《そろ》った店ならともかく出張だから、持ってくるものはとにかくコンパクトにまとめてある。つまみは品数を絞って最小限に抑え、アルコールはワインを中心にして、ウィスキーの場合もストレートか水割りだ。

カクテルの類《たぐい》は提供しないので、ライムやドライチェリーなどは持ってこない。出帆がそれを丁寧に説明すると、理人は「そう、わかった」と返事をしたのだった。

みんな舌が肥えているからだろうか、これがないかあれがないかと細かいものの有無を聞かれることは珍しくない。ただ、用意していないと詫《わ》びると、みんな一言もなくそれきり立ち去るのが常だ。返事をくれたのは、理人だけだった。

ちょっと感動してしまったので、それ以来、出帆は出張サービスのアルバイトが入るとオレンジスライスを持っていくようにした。しょっちゅう参加しているわけではない理人と遭遇することはあまりなく、一度も蓋を開けないままのタッパーウェアをそのまま持ち帰り続けること三回ほど、ようやく再び『理人さん』が顔を出したのだった。

理人は記憶力がいいらしく、ほんの短い会話を交わした出帆を憶えていた。この子が来ているときはオレンジを所望しても用意されていないと悟ったようで、何も言わずにグラスを持って行こうとした。

出帆が「オレンジありますけど、お入れしますか?」と聞いたとき、理人は驚いた顔をしていた。特別グラスを差し出すと、理人はにこりともしなかったものの、一言「ありがとう」と言った。ここで感謝の言葉をもらったのは初めてで、とても嬉しかったのだ。

今夜もその言葉が聞けるかなと思いつつ、出帆はすっかり冷えたグラスにオレンジのスライスを一枚落とした。マドラーを一度だけ大きく回し、理人に渡す。

「ありがとう」

いつもと変わらず、彼は短く礼を言った。小さく首を振り、出帆は彼の代わりに笑顔を返す。

しかし今夜——その後の展開は、これまでと少し違っていた。

理人はカウンターに肘《ひじ》をかけて凭《もた》れ、グラスに口をつけずに揺らしながら言う。

「いつも来ているのか？」

こんな質問をされたのは初めてだったので、出帆は驚いてしまった。だが、ここで会話らしい会話をしたことがなかったので、嬉しくなったのは事実だ。

洗ったばかりのグラスを拭きながら、頷く。

「だいたいは来てます」

「学生？」

「そうです。大学三年です」

「じゃあ二十歳《はたち》か」

「この前二十一になりました」

自分から話は振らず、出帆は聞かれたことについてのみ簡潔に答えた。こういう会話は店で普通に働いているときによく交わすので、慣れている。しかし出張で来ているここでは許されるのかどうかわからず、運悪く海野もいない。

別世界に住むセレブと会話なんかしてもいいのだろうかと不安になっている出帆をよそに、理人はのんびりしたものだ。どの辺りに住んでいるのか、学部は何かなどと聞いてくる。

興味があるからというより、単に暇つぶしをしているような口調だった。出帆がそう思うのは、彼の表情のせいだ。華やかなパーティに来てもいつも醒めた無表情をしているのと同様に、今も特別関心のある顔はしていない。

目を細めた笑顔は少し苦い感じがして、その分男っぽく、自分より年上の大人なのだと改めて意識する。今夜は気に入った女性がいなかったのかな……と思いつつ、出帆は聞かれたことには丁寧に答えた。

「実家通い？」

「いえ、一人暮らしです」

「地元は？」

「北海道《ほっかいどう》なんです。大学進学で東京に出てきました」

「……ふうん」

そのときだけ、理人の形のいい眉が片方少しだけ上がった。両肘をカウンターに置き、出帆に正面から向かい合う恰好で口を開く。

「一人暮らしだから、アルバイトにも励《はげ》んでいるわけか」

「ええ」

コンビニやファーストフードでアルバイトするよりは若干高い自分の時給も、この男にとってはいかほどの価値があるのだろうかなんて出帆が考えていると、理人はグラスを傾けながら言った。

「名前は?」

「……」

一瞬躊躇《ちゅうちょ》したが、出帆は掠《かす》れた声で名乗る。

「佐野です。佐野出帆」

「いずほ? 変わった名前だな」

「出航の出に帆船の帆って書くんです。祖父がつけたんです。もうだいぶ前に亡くなりましたけど……祖父は漁師だったので」

「そうか。いい名前だ」

「どっちなんですか」

思わず素の口調で応え、出帆は噴き出しそうになって俯《うつむ》いた。しかし、肩が震えるのは止められない。

ふと視線を感じて顔を上げると、理人がこちらを見つめていた。少し目を眇《すが》めていて、その眸《ひとみ》にはちょっとどきっとしてしまうような何かが潜んでいて——そういえば、無表情な彼でも、たまにこんな目をしていることがあると思い出した。

それは確か——……

「面白《おもしろ》い子だな」

独り言のように言った理人に、なぜだかどきっとした瞬間だ。

「どうだ、俺とゲームをしないか」

「ゲーム？」

訝《いぶか》しげに眉を寄せた出帆に、理人は空にしたグラスをカウンターに置くと続けた。

「俺が勝ったら、俺のバカンスに二週間ほど付き合ってもらう」

「二週間……バカンス？」

予想もしていなかった台詞《せりふ》に反射的に繰り返した出帆は、目の前の理人が人差し指を口唇の前で立てたのを見て慌てて口を噤《つぐ》んだ。この場に大声は相応《ふさわ》しくない。

黒い眸に見据えられ、無意識のうちに緊張する。いつも女性に囲まれている彼が、その中の一人をこんな目で見つめながら喋っているときがあった。

奥二重の眸に潜むもの。色気とか、挑発とか、そういうものが複雑に入り混じった何か——一言で言うなら、獲物を捕らえたときのハンターがこんな目をしているのではないだろうか。

「何も難しいことじゃない。バカンスったって、どこかに旅行するわけじゃなく家にいるだけだ。二週間、俺のマンションで時間潰《つぶ》しの相手をしてくれたらそれでいい。簡単なことだ」

「簡単って……そんな。なんで俺なんですか、理人さんにはほかにもっと」

うっかり名前を口にしてしまった出帆が黙ったのと、理人が珍しげな表情をしたのは同時だった。

「……すみません。ここで呼ばれているのを何度か聞いたことがあるので、つい……」

「別に構わない」

肩を竦《すく》め、理人はグラスを弄《もてあそ》びながら言う。

「じゃあ話が早い。女性はいろいろ面倒だ。俺の暇つぶしに付き合って、ときどきアルコールを作ってくれればそれで」

「アルコール？」

「よく気がつくし、俺の好みも知ってるし」

目を伏せて、空のグラスに入ったオレンジを指した理人に、出帆は少し思案する。

「理人さんが勝った場合は、わかりました。俺が勝った場合はどうなるんですか」

出帆の問いに、理人は「そうだな」としばらく考えたあと、口を開いた。

「一つだけ希望を叶《かな》えるってのはどうだ？」

「……なんか、昔話にそんなのありますね。神様が三つだけ願いを叶えてくれる話」

「俺は神様じゃないただの男だから、叶えられる願いは一つで、かつ現実的なものに限られるけどな」

含み笑いとともに言った理人に、出帆は呆れてしまった。ただの男だなんて、謙遜なのか嫌味なのか。本当の『ただの男』なら、誰かの願いどころか自分の願い一つでも叶えるのは大変だ。

「一つだけ……。……何でもいいんですか？」

呟くほどの声になってしまったのは、この話が常軌を逸しているせいと――出帆自身に、躊躇《ためら》いがあるからだ。

ごく普通の両親に育てられ、ごく普通の常識や倫理観を持った出帆には、たとえ向こうから持ち掛けてきた話とはいえ人からただでものをもらうというのは後ろめたいことだった。けれど今、どうしても必要な金がある。それがないせいで先月あたりからずっと気が重く、どこかから降って湧いてこないだろうかと考えてしまうほど……。

内心で葛藤《かっとう》している出帆とは裏腹に、理人は泰然とした様子で事もなげに頷いた。

「あぁ。今……三年生だったか。内定がまだなら就職の口を利くのでもいいし、欲しいものを買ってもいい」

断言した理人に、出帆は揺れ始めた。当初抱いた怪訝《けげん》な気持ちはまだ残っているが、理人の話はそれを凌駕《りょうが》するほど魅力的だ。

鼓動がだんだん速くなってきて、口唇が乾く。

「もの……じゃなくて、現金でもいいですか」

「キャッシュ？　それはまた露骨だな」

「駄目ならいいです。この話はなかっ――」

「キャッシュでも構わない」

引き返そうとする出帆を遮り、理人は笑みを含んだ目で小首を傾《かし》げた。キャンパスに溢《あふ》れる可愛い女の子ではなく、大人の男が笑顔で首を少し傾ける様は、何か企んでいそうな、裏があるような感じがしてたまらない。

でも、そう思いながらも、出帆は目の前の誘惑に勝てなかった。もしゲームとやらに勝てば、自分はとても楽になる。

「幾らだ」

「十二万です」

「十二万？」

問いに答えた出帆に怪訝な顔をして、理人はしばらく固まっていた。それからいきなり噴き出す。お遊びの賭け金額にしてはあまりにも大きすぎて、呆れたようだ。

もちろん、十二万円もの大金を丸々もらう気は毛頭なかった。貸してくれれば、それで充分なのだ。しかし理人が噴き出したために、出帆は「当たり前ですが返済します」と続けるタイミングを逸してしまった。

慌てて口を開くより早く、理人があっさりと頷く。

「よし、じゃあ乗ったということだな。俺が勝ったら二週間、出帆が勝てば十二万」

名前を呼ばれて、ただでさえ強いリズムを刻んでいた鼓動がひときわ跳ね上がった気がした。一瞬詰まったためにまたしても返済について言及し損ねてしまい、出帆は諦《あきら》めた。勝負に勝つかどうかもまだわからない。勝ったとき、説明すればいいだろう。

理人は興味深そうな目で出帆を見ると、のんびりした口調で言う。

「どうやって勝負する？」

「え？　俺が決めるんですか？」

「その方が少しはそっちに有利だろう。カードでもコインでもビリヤードでも」

パーティルームにある遊技品を目で指した理人に、出帆は黙って口唇を舐《な》めた。本当に自分が選んでいいなら、間違いなく勝てる。

うるさいほどの鼓動がこめかみに響く中、出帆は壁に掛かったダーツボードを見つめ、掠れた声で言った。

「……ダーツがいいです」

「オッケー」

すぐに承諾した理人を見て、もしかして強いのだろうかと思ったが、それでも勝てる自信があった。なぜなら、アルバイト先のバーにダーツがあるのだ。ダーツバーではなく、ただインテリアの一環として飾ってあるだけの代物《しろもの》だが、閉店後の片づけが終わったあとにアルバイト仲間と興じるうちにかなり上手くなった。今では、最初に手解きしてくれた先輩バイトよりも強い。

「行こう」

端的にそれだけ言って、理人は躊躇いがちにフロアに出てきた出帆の腕を引いた。急に摑《つか》まれてびっくりする間もなく、フロアの端にあるボードの前に連れて行かれる。

所在なげに立ち尽くしている出帆の前で、理人は造りつけのキャビネットを漁《あさ》り始めた。

「矢はどこだ。……これか?」

三つ目の引き出しから小さな箱を取り出した理人は、蓋を開けて笑みを浮かべた。矢がぎっしり入った箱を出帆に見せる。

「ダーツやるんですか?」

女の子たちが次々に寄ってきて、矢を検分していた出帆はぎょっとしてしまった。見れば、いつしか三人ほどの女性がすぐ近くにいる。

彼女たちはずっと理人を見ていたのだと、今さらながらに気づいた。アルバイトの若い男と話し込んでいるので声をかけるのは控えていたが、注意深く見守っていたようだ。二人がダーツボードの前にやってきたので、ここがチャンスと寄ってきたのだろう。

「ご一緒したいです」

そう言う彼女たちは、出帆から見れば本当に綺麗で完璧な女性だったが、理人はあっさりと首を振った。

「また今度。今夜は、この子と賭けなんだ」

「えーっ。何賭けてるんですか？」

「秘密」

笑顔でそつなく彼女をいなし、理人は出帆に話しかける。

「ルールは？」

「何がいいですか？　基本のゼロワンでもいいし……二人だからラウンド・ザ・クロックでも」

「悪いけど、ダーツは詳しくない。数回遊びで投げた程度で、ゲーム名はわからない。任せるから、単純なものにしてくれ」

「……。」

賭けをするというのに、その程度の経験しかなかったとは。唖然《あぜん》としていた出帆は、だんだん気分が昂揚《こうよう》してくるのを感じた。

相手がこの調子なら、たぶん――いや絶対、勝てる。

「……じゃあ、ゲームじゃなくて簡単に投げ合いましょう。ボードの中で場所を決めて、そこに先に当てた方が勝ちっていうのはどうですか？　ブル――中央にはまず当たらないと思いますから、シングルエリアでどこか適当に」

「構わない」

ピザのような放射状の線が引かれたボードを見て、理人は目を眇めた。

「今日は……十四日か。十四は？」

「わかりました。ハンデつけますか？」

「そんなものはいらない」

出帆の言葉に笑って、理人はボードから離れた。箱を探り、綺麗な矢を取り出している。

その様子を眺め、出帆は込み上げてくる罪悪感を呑《の》み込もうとした。ろくに経験のない素人《しろうと》に、ダーツは難しすぎる。狙った場所に当てるどころか、的に一つも当たらないことだって珍しくない。

「練習していいですよ」

出帆が言うと、理人が肩を竦めた。

「舐められたもんだな。そんなに自信があるのか。――まぁ、俺は無駄な意地は張らないことにしてるので、お言葉に甘えて」

どこに立てばいいんだと聞かれ、出帆は適当に歩数で測ってスロー場所を決めた。理人は右手で矢を持ち、片目を瞑《つぶ》って狙いを定める。

いつしか周囲には何人もの人が集まっていた。何をしているのだろうと興味深く思って来た人と、興味はないけれどみんな行ってしまってつまらないので来たという感じの人と、半々だ。素人の矢はどこに飛んでいくかわからないので、出帆はボードの周りから人を避けさせ、投げていいと合図する。

シュッ、と勢いよく矢が飛び、ボードに当たる小気味のいい音が響いた。周りの人から声も上がったが、矢が当たった場所はボードの端ぎりぎりだ。

出帆が矢を抜くと、理人はもう一度投げた。しかし結果は同じで、的には当たったものの今にも外れそうな場所に引っかかっている。

二投で理人はスロー場所から離れ、出帆に一本矢を差し出した。

「ちょっと投げてみて」

「……？　はい」

自分にも練習させてくれるのかと思い、出帆は先ほど理人が立っていたのと同じところに立つ。背を伸ばし、顎を引いて狙いを定め、それから思い切りよく投げると、矢は十四の隣の九に突き刺さった。

「大したもんだな」

じっとその様子を見ていた理人が呟く。ただ、口調も台詞の内容も確かに誉めているのだが、そこには挑発的なものも含まれていた。一発で当てられなかったのなら、俺にもチャンスがあると言いたげだ。

周囲がざわつき、「十四に先に当たった方が勝ちだって」「何賭けてるの?」「あの子誰?」という声がところどころで聞こえた。ふと顔を上げて見回すと、みんなが自分を注目していて——そのときようやく、出帆は自分が異様な状況にいることを肌で感じた。

話の流れでこんなことになったが、賭け事なんてとんでもないことだ。バーのアルバイト仲間とダーツをするときも賭けたりしたが、あくまで昼食代とかシフトの交換などの他愛ないものだった。こんな、十万円を超える現金を賭けた勝負はしたことがない。

しかし、もう止《や》めようとは言えない状況だった。

「どっちから投げる?」

「……お先にどうぞ」

有利な先攻を理人に譲り、出帆はスロー場所に立った理人のすぐ傍に佇《たたず》んだ。ざわめいていた周囲がしんと静まり返り、焦燥感にも似た緊張が背筋を這《は》い上がってくる。

理人が構えて——その様子を見ていた出帆は、あっと目を瞠《みは》った。さっきは顎を上げて斜《しゃ》に構えていたのに、今はしっかりと顎を引いて真っ直ぐボードに向かっている。脇《わき》も締めて、安定している。

さっきの自分のフォームを見て、すぐに矯正《きょうせい》したのだとわかった。呆然《ぼうぜん》として、出帆は理人を凝視する。

理人は片目を瞑って狙いを定めたあと、空気を切る鋭い音とともにボードに矢を刺した。

「あ、惜しい～」

　完全に観客と化している周囲から声が上がる。八のエリアに刺さった矢を見て、出帆の背筋にひやっと悪寒が走った。十四の二つ隣だが、何とかボードに引っかかっていたさっきよりは格段に近づいている。

　残念、と言いたげに苦笑した理人に代わり、出帆はスロー場所に立った。しかし、衆人環視の中緊張は治まらないし、今の理人の成長ぶりを目の当たりにしたこともあって、指先が震えて上手く狙いが定まらない。

　浅い呼吸を繰り返し、どうにかして速い鼓動を宥《なだ》めつつ投げたものの、矢は十四とは遠く離れた向かいのエリアに刺さってしまった。

「どうした」

　揶揄《やゆ》する理人の声に、冷や汗が噴き出してきた。勝ちを確信していた先ほどとは裏腹に、なぜか今は、負けてしまいそうな気がしてたまらない。

　理人の二回目のスローは、またしても外れだった。けれど、今度は隣の九のエリアだ。徐々に的に近づいているのがはっきりとわかり、鼓動は落ち着くどころか心臓が壊れそうなほどの早鐘を打ち出す。

　ふと肌寒さを感じて周囲を見回した出帆は、居並ぶギャラリーが自分を見つめる目にはっとした。

　みんな、面白い見世物に目を輝かせている。しかし、そこに含まれるのは単純な興味だけではなく、なんだか下世話なものも混じっている気がした。あからさまににやにやして見ている男に訝しげな気持ちになったとき、理人が注意を引き戻す。

「そっちの番だ」

「……はい」

息を詰め、ボードを見据えて二回目を投げた出帆だったが、矢は的にすら当たらなかった。縁に当たって床に落ちた矢を見て、絶望的な気分になる。

――的に当てるのは、大して難しくないんだよな。ダーツは精神のスポーツだよ。

手解《てほど》きしてくれたアルバイトの先輩が、そんなことを言っていたのを思い出した。あのときはいまいち意味がわからなかったが、今は痛いほど理解できる。技術を磨くのは誰だってできるのだ。問題は、本番で自分のベストを出せるかどうか。プレッシャーに負けずに実力のすべてを出すことは、本当に難しい。

慣れないシチュエーションや大勢のギャラリーに気圧《けお》されている出帆に比べ、理人は明らかに余裕があった。

もしかして、最初に勝てると思ったのはとんでもない間違いで、勝負は最初から見えていたのだろうか。

それから一投ずつ外し、理人の四投目――矢がボードに当たった瞬間、居並ぶギャラリーから歓声が上がった。

「――…、……」

9
14
11
8
19

しっかりと十四のエリアに刺さった矢を見て、出帆は口唇を震わせる。

「思ったよりかかったな」

挙《あ》げ句《く》、もっと早く当たるかと思ったと呟きながら矢を抜いた理人に、出帆はもう何も言えなかった。

次に自分が当てたらドローになることはわかっていたのに……魂を込めて投げた矢は無情にも、十四からはかけ離れた場所に突き刺さってしまった。

「……」

わっと盛り上がったギャラリーの中で、出帆はただ呆然としたまま、しばしその場に立ち尽くすことしかできなかったのだ。


パーティがお開きになったあと、理人は帰らずにパーティルームに残っていた。あれは冗談だよ、帰っていいよと言われることを少しだけ期待したが、現実は甘くなかった。

理人はガラスに左肩を凭せ掛け、グラスを傾けながら夜景を眺めている。彼が泰然とした様子なので、出帆もだんだん気分が落ち着いてきた。負けたのだという実感がようやく身に沁みて、悪足掻《わるあが》きする気も起きなかった。

二週間なんて、あっという間だ。共通の話題など明らかになさそうで、話し相手になれるかどうかの不安はあるが、相手は資産家でこちらは庶民。違う世界の話は、お互い興味深いものかもしれないと無理やり前向きに考える。

「……佐野くん、どういう約束になってるの？」

専用のケースにグラスをしまいながら小声で聞いてきた海野に、出帆は努《つと》めて普段どおりに応えた。

「理人さんの仕事が休みの二週間、付き合えばいいらしいです」

「……。……そう」

一言だけの短い返事が出てくるまで、やけに長い間があったのが気になったが、出帆が尋ねるより早く海野が苛々《いらいら》と首を振る。

「なんで賭けなんかしたの」

「……すみません」

「佐野くんはそういうタイプじゃないと思ってたんだけどなぁ」

首を捻《ひね》っている海野を見て、出帆も俯くしかなかった。彼以上にほかでもない自分自身が、『そういうタイプ』じゃないと思っていたのに。

片づけが終わりかけているのを見て、出帆は理人のもとに行った。目を合わせることはできず、やや伏せ気味にして言う。

「もう終わりなので、そちらのグラスをいただきます」

出帆の言葉に、理人は黙ってグラスを差し出した。どんな表情をしているのか、見ることはできなかった。グラスの中身は少し残っていて、店を出る際に残りを一気に飲んでいく客を見慣れている出帆には、こんなところからもゆとりを感じてしまった。

最後のグラスを洗い、海野と二人で荷物のすべてを地下駐車場のバンに積み込む。運転席に海野が乗り込んだが、いつもなら助手席に乗る出帆はその場に佇んでいた。海野はウィンドウを下げると、複雑な表情で言う。

「バイトのシフトは、どうにかしておくから。明日からのことは気にしないで、向こうさんとの約束が終わってバイト再開できるようになったら連絡頼むよ」

「はい」

頷いた出帆に、海野はしばしの沈黙のあと、ぽつりと言った。

「……もし困ったことになったら、誰にも言わないで俺に連絡して」

やけに心配しているらしい海野に、出帆は笑顔を作った。出帆自身、確かに不安はあるけれど、自分の勝手な行動のせいで現在の状況に置かれていることは痛感している。これ以上店に迷惑をかけないよう、できることを精一杯やって理人の退屈凌《しの》ぎに付き合い、最後に「楽しかった、二週間ありがとう」と言ってもらえるようにしたい。

海野に頭を下げて謝意を伝えた出帆は、走り出したバンが駐車場を出るまで見送ると、パーティルームに戻った。飲むものもなく、綺麗《きれい》に片づいた部屋で手持ち無沙汰《ぶさた》に夜景を見ていた理人は、後片づけの間かなり待たせたことを詰りもしなかった。

「すみません、遅くなりました」

「もういいのか？　じゃあ行こうか」

口調はのんびりしていたが、笑みを含んだその眸は油断なく、出帆は視線を逸《そ》らすことができなかった。

「……はい」

小さく頷くと、理人は出帆を誘ってマンションを出た。すぐに通りでタクシーを拾い、先に出帆を乗せる。

そして出帆が連れてこられたのは、マンションからタクシーで十分ほどのところにある都心の高層ビルだった。

星一つない都会の夜空に聳え立つビルを、出帆はもちろん知っていた。高級ホテルや有名ブランドショップ、一流レストランなどが入ったこのビルに来たことはなかったが、建設中から話題となっていた建物だ。人気のデートスポットだから、大学で知らない人もいないに違いない。

理人がタクシーを止めたのは、ビルの豪奢《ごうしゃ》な正面玄関ではなく、小さな出入り口だった。一見通用口にも見える扉の横には機械があり、理人がカードを差し込むと、微《かす》かなモーター音とともにドアが開いた。

「こっちだ」

物珍しさからきょろきょろしていた出帆は、呆れたような理人に呼ばれてうっすらと首筋を染める。

慌ててついていくと、理人はさらに奥の扉を同じようにカードで開け、現れたエレベーターに乗り込んだ。

商業スペースを抜け、住居部分の一番下で降りると、右手にはホテルのように男が立っているカウンターがあった。左手には、革張りのソファとガラスのローテーブル、観葉植物などが置かれていて、ラウンジのようになっている。

「お帰りなさいませ」

頭を下げた初老の男にちらりと一瞥《いちべつ》を送っただけで、理人はさっさと奥に進んでいく。無視するのもどうかと思い、出帆が所在なげに会釈《えしゃく》すると、男は笑顔とともに丁寧なお辞儀を返してくれた。

理人が向かった奥は、ちょっとした部屋のようになっていた。ずらりと並んだメールボックスに、出帆は目を瞬かせる。

ダイヤルを回し、同じようにカードを挿し込んでボックスを開けている理人に、出帆は小声で聞いた。

「ここ……ホテル、ですか」

「いや？　マンションだが」

「でもフロントが」

しんと静まり返った空気に気圧されて、ひそひそ声で話す出帆に、理人は取り出した封筒を纏めながら事もなげに言う。

「フロントがあるマンションってだけだ。コンシェルジュが二十四時間いる」

「コンシェ……？」

「ホテルのフロント機能を兼ねた管理人みたいなものだ。宅配便やクリーニングの取り次ぎをやってくれる」

あっさり言った理人に、出帆は思わず目を瞠った。そんなマンションがあるのだと、また一つ変な知識が身についてしまった。

理人は再びエレベーターに乗り込むと、今度は三十四階で降りた。高層ビルを外側から見上げたことは数知れずあれど、実際にこんな高層階まで上がったことがなかった出帆は、三十四という数字を見ただけで腰が引けそうになってしまった。

エレベーターから降りて少し廊下を歩くと、目の前には普通の家の門のようなものが現れた。表札に『有坂』とローマ字で入っていて、名字が初めてわかった。

「……」

理人は何も言わず門扉《もんぴ》を開けると、出帆を通す。今になって非現実的なところに足を踏み入れているという実感が込み上げ、脚が竦みかけた出帆だったが、理人は意に介したふうもなく背中に手を添えて促した。身を捩《よじ》ったが、理人は腕を離さなかった。

厳重にロックされた玄関のドアが開かれ、理人に押し込まれるように中に入った出帆は、その広さに思わず目を瞠る。

「……すごい」

玄関だけで、出帆のアパートの部屋くらいあった。それなのに、靴箱がない。すっと伸びた剣先のような葉の観葉植物が一つ置いてあるだけで、それがいっそう玄関の広さを引き立てている。

「上がって。スリッパはそこ」

出帆の緊張をよそに、理人はまったく変わりなかった。横顔も普段の泰然としたもので、声もいつもどおり静かなものだ。少し落ち着いて、出帆はお邪魔しますと口の中で呟きながら、傷一つない玄関に上がり込む。

観音扉《かんのんとびら》になっている突き当たりのドアを理人が開けた瞬間、出帆は目に飛び込んできたものに息を飲んだ。

「——……すごい」

さっきと同じ台詞だったが、今の方がもっと驚いた。壁一面のフィックス窓から広がる都心の夜景は、本当にびっくりするほど綺麗だったのだ。

無意識のうちに窓に近づき、出帆は眼前に広がる光の渦を見つめた。宝石箱を引っくり返したような、という言葉を思い出す。煌めく無数の都会の光、夜も更けたというのにうっすら赤い眠らない空。もうため息しか出てこない。

呆然と夜景に魅入《みい》られていると、背後から理人の声がした。

「そんなに珍しいか」

「珍しい……っていうんじゃなくて、すごく綺麗でびっくりした……」

あまりに眩《まばゆ》くて目を瞬かせながら呟くと、理人が小さく笑った。それから出帆の腕を引く。

ぎょっとして顔を上げたのと、理人が部屋の隅のバーカウンターを指したのは同時だった。

「とりあえず飲もう」

「あ……、はい。作ります。何がありますか」

『お勧め』が始まるのだと思い、出帆は姿勢を正して質問した。理人と一緒にカウンターの内側に入り、ずらりと並んだボトルに感嘆の息をつく。さすがにアルバイト先の店には敵《かな》わないが、それでもかなりの品揃えだ。

「すごいですね、個人でこれだけ……。ええとグラスは」

「グラスはそこ」

「あ、ありました。グラスも全部揃ってるんですね。何がいいですか?」

ロックグラスからカクテルグラス、果てはリキュールグラスまで揃っているから、殆どのアルコールが作れるだろう。ここで例のパーティをするとなれば、準備がとても楽に違いない。リビングも広々としているから、かなりの人数が入れそうだ。

ところが——そんなことを考えながら手前のロックグラスを手に取った出帆は、不意に左腕を摑まれてぎょっとした。問いかける間もなく理人の顔が至近距離に迫り、慌てて身を捩る。

「ちょっ……、な、何ですかっ」

摑まれた腕を振り解こうともがいたが、理人の腕はびくともしない。それどころか腰を抱き寄せられてしまい、青褪《あおざ》めた。

まさか——まさか。

「何を今さら慌ててるんだ」

「い、今さらって……ちょっ、ちょっと！　やめろよっ」

迫り来る口唇から逃れようとめちゃくちゃに首を振り、出帆は敬語も忘れて大声で喚《わめ》いた。さらにぐっと腰を引き寄せられ、胸が合わさる。

間近で見ても端整な顔立ちに、同性にもかかわらず胸がざわついた。アルコールに混じって、ふと別の香りが鼻腔《びこう》を擽《くすぐ》る。コロンなのか整髪剤なのかはわからないが、こんなに近づいてようやく感じるほどの微かな香りは官能的で、思わず息を飲むほどの緊張感が全身に走った。

理人の口唇が頬《ほお》を掠め、気圧されていた出帆はようやくはっと我に返り、顔を真っ赤にしながら激しく詰った。

「まさか、俺のことどうかしようっていうんじゃ」

「どうか？　どうかって、どういうことだ？」

「そういうことだよ！」

わざと聞いてきた理人を睨《にら》みつけ、出帆は必死に顔を背けながら吐き捨てる。

「冗談じゃないよ。なんでこんな――」

あのパーティで知り合った男女が、ひっそり会場を出てから何をしているか、もちろん知っている。でも、自分は違うのだ。アルバイトであそこにいただけで、ひと晩限りのアバンチュールを愉《たの》しみたいだなんて思ったこともない。

そう思ったとき、脳裏にふと、ダーツで勝負する自分たちを眺めていたギャラリーの目が浮かんだ。ただの興味深げなものだけではなく、どこか嘲笑《ちょうしょう》するような、いやらしい目。

――にやにや見ていた数人は、知っていたのだ。理人が何を賭けたのか。生《い》け贄《にえ》となった出帆がなかなか的に当てられないのを見て、この調子じゃ今夜やられるなと思っていたから、あんな顔をしていたに違いない。

頬を紅潮させ、出帆は理人の胸を押し返す。

「みんながあんたたちと同じだなんて思うなよ！　俺は嫌だ、こんなのは絶対に嫌だ！　――やめろってっ」

無我夢中になって抵抗すると、理人は呆れた表情で言った。

「今さら何を言ってるんだ。お前はいったい何のためにここまでのこのこやってきたんだ？」

「ひ、暇つぶしに……暇つぶしに付き合えって言うから」

「まさか額面どおりに受け取ったのか？　純情にもほどがある」

東京に出てきて二年は経っているんだろうと言った理人に、出帆はわなわなと口唇を震わせた。東京だって、地方の一つだ。どこの危険地帯を指しているつもりなのか。

「とにかく断る！　離せって――」

手を振り上げたとき、衝撃で身体がどこかにぶつかった。よろめいて転びそうだと思った瞬間、グラスが二つほど落ちてきて肩に当たる。

繊細な薄いガラスが割れるガシャーンという音とともに床に破片が散らばり、床に手をつきかけていた出帆はぎゅっと目を瞑った。一瞬遅れて、背筋にひやっと悪寒が駆け抜ける。

「……、……」

恐る恐る目を開けると、まさに床につかんとしていた手を理人が取っていてくれたことに気づいた。それだけではなく、しゃがみ込んだ理人が身体全体を支えてくれていたために、尻餅《しりもち》もついていなかった。

「……っ、あ……」

無事だったことへの安堵《あんど》と、大惨事まで紙一重だったという恐怖が込み上げてきて、抱えられたままの背中が戦慄《わなな》く。

「……大丈夫か」

声をかけられた拍子に吐息が触れ、今さらながらに顔が近すぎることに気づいた。端整な顔立ちは同性なのにどきっとしてしまうほどで、出帆は慌てて頷くと立ち上がる。

「大丈夫……、です。あの……、……ありがとうございました」

礼を言うと、理人が変な顔をした。それから噴き出して、次にいつもの興味のなさそうな表情になった。

「こういうときに、ほかでもない俺に対して礼を言えるのが、お前の擦《す》れてないいいところだ」

「……、……」

「ただ……もう少し、大人だと思ったけどな。バカンスに付き合うってのがどんなことか、最初からわかっていてもよさそうなものだ」

肩を竦めながら言われた台詞に、ようやく落ち着いてきた出帆は素っ気なく返す。

「……だから、みんながみんなあんたたちみたいに乱れてるわけじゃないんです」

「乱れてる……ねぇ」

「だってそうじゃないですか。飲んで騒いでエッチの相手だけ探して、そんなの変だよ。しかも……しかも、俺が女ならともかく男じゃないか」

「別に男だって問題ないだろう」

「……」

大有りだと思ったが、出帆は口を噤んだ。もう、何を言っても無駄だ。この男と自分は価値観が違いすぎる。

断固として拒絶すべく口唇を嚙《か》んでいる出帆を、理人はしばらく眺めていた。それからふっと苦笑し、気のない声で言った。

「じゃあ仕方ないな。縁《えん》がなかったということか」

「……」

「無理強《じ》いするのは好きじゃないんだ」

見損なったと言いたげな冷ややかな声は思わず反論したくなるものだったが、出帆は思いなおした。呆れられても見下《みくだ》されても、とんでもない『バカンス』を過ごすよりはましだ。

「じゃあ、……」

帰ります、と言おうとした出帆は、ふと床に視線を落として眉を寄せた。せめてガラスを片づけていくべきかと思ったために下を見たのだが、そこに落ちているものはガラスだけではなかったのだ。

「……?」

濃い色の大理石に液体がぽつぽつ落ちているのに気づき、そこから視線を上げた出帆は、理人の手を見てあっと目を瞠る。

手の甲の親指と人差し指の真ん中辺りから、血が筋のように滴《したた》り落ちていた。品のいいグレーのシャツの袖口《そでぐち》が、チョコレートのような焦《こ》げ茶の染みで汚れている。

瞬時に、脳裏にはさっきの出来事が蘇《よみがえ》った。自分は怪我をしなかったが、もしかして理人は自分を庇《かば》った際にガラスで手の甲を切ったのだろうか。

「血――血が」

突然狼狽《うろた》えた声で呟くと、理人は出帆の視線の先を追って、傷口を見て微かに眉を上げた。どうやら怪我をしたことに気づいていなかったらしい。

こんなに血が出ていて気づかないとはどういう神経だと思いながら、出帆は理人の右手を取る。

「すみません、さっき俺のこと庇ったときに――ど、どうしよう、救急車」

「救急車呼ぶほどの怪我じゃないだろう」

「そ、そう? これ、どれくらい切れて……駄目だよ呼ばないと!」

結構な範囲でぱっくり割れている傷口を見て、出帆は青褪めた。どう見ても、縫《ぬ》わなければならない怪我だ。もしかしたらガラス片が入ってしまった可能性もある。

「とにかく救急車……っ」

慌てふためいて携帯電話を取り出した出帆とは裏腹に、滅多なことで顔色を変えない理人は、相変わらず泰然とした様子で「タクシーでいい」と言ったのだった。

＊

「佐野～」

友人の枡居《ますい》が声をかけてきたのに、バッグにテキストをしまっていた出帆は顔を上げた。枡居は階段を下りてくると、一緒に帰ろうと誘ってくる。

二人で講義室を出て大学の正門に向かいながら、枡居が言った。

「佐野、今日もバイトだろ。行く前に時間あるなら学食でメシ食わない？」

夕方五時という中途半端な時間だが、一人暮らしの出帆と枡居には関係のない話だ。安いわりにはそこそこ味がよく、なにより栄養バランスが考慮されている学生食堂は強い味方で、時間が合うと二人で食べに行く。

誘いにため息をつき、出帆は残念な気持ちで首を振った。

「ちょっと、バイトの一環……で、昨日からとある人の家に間借りさせてもらうことになったんだ。住み込みと同じだから、アパートから着替えとか持っていかないと」

「住み込み？　新聞配達とか？」

素っ頓狂《すっとんきょう》な声を上げた枡居に無理もないと独りごち、出帆は守秘義務に反しないよう所々ぼかしつつ説明する。

「違う違う。バイト先のお客さんで、二週間くらい住み込みで身の回りの世話をすることになったんだ」

「佐野のバイトってあれだろ、お洒落なバー。そこの客の身の回りの……世話？　住み込みって、相手は一人暮らしなのかよ？」

「う、ん……そう」

「……なんか胡散臭《うさんくさ》くないかそれ。いったいどういう……」

険しい顔で立ち止まった枡居に、出帆は慌てて手を振った。

「なりゆきでそうなっちゃったから確かに変な条件なんだけど。その人、俺が割ったグラスで腕を怪我しちゃったんだよ。水仕事とか完全に無理だし、怪我させたのは俺なのに治療費とか一切いらないって言うし、それでせめてお詫びに」

「ふーん。でも、それなら通いでもいいんじゃね？　なんで住み込みなんだろ。その客と佐野、結構親しいとか？」

「親しい……、うん、常連だし知らない相手じゃない。若いのにすごいお金持ちの人で、昨日マンション行ったら使ってなさそうな部屋がたくさんあった。よく飲む人でホームバーもあったから、怪我して店に行けない分、俺にそこで酒作らせたいんだと思う。そうなると夜遅くなるし、それで住み込みなんだと……思、う……」

しどろもどろになりつつ、出帆は枡居に説明した。それと同時に、昨晩病院から帰ってからのことが脳裏を過《よぎ》る。

利き腕を駄目にした理人は何をやるにも不自由そうで、たまりかねた出帆の方から同居を申し出たのだ。どうせ住み込むつもりだったからこその台詞だったが、いかがわしいことは絶対にしないと宣言した。掃除や料理などの家事一般をただやるだけだと念を押すと、理人は目を丸くしてしばらく出帆を眺め、「やっぱり面白い子だな」などと呟いた。

成り行きの真相を思うと苦しすぎる説明だったが、根は楽天的な枡居はいいように解釈してくれたらしい。

「あ、そういうこと。なるほどね。怪我してる間、家政婦雇うような感覚か。知らない相手よりは行きつけの店のよく知る店員の方がいいって感じ？」

「うん、……たぶん」

「佐野、ちゃんとしてるしなー。その人もバーでの働きぶり見て、こいつならって部屋上げてもいいやって思ったのかな」

出帆の苦学生ぶりを知る枡居は後半は独り言のように呟き、ほっとしたように笑顔になった。

「なんだ、俺めちゃくちゃ怪しいバイトかと思った。大丈夫かよって」

「……怪しい？」

「ん。有閑《ゆうかん》マダムが金にあかせて若いバーテンを二週間囲い込むつもりなのかとか、金は持ってるけど変態なヒヒジジイが介護を兼ねて若い男を傍に置いときたいのかとか」

「――っ」

過激な発想に絶句した出帆を見て、枡居は呆れた口調で言う。

「だって普通、怪我させられたくらいで行きつけの店のバイトに身の回りの世話なんかさせねぇよ。しかも住み込みだろ？　金持ちだったら盗《と》られて困るもんとか部屋にごろごろしてそうだしさ」

佐野が盗りそうとかそういうことじゃないからな、と念を押しつつ、枡居は肩を竦めた。

「学生の俺たちなんて若さだけが取り柄《とりえ》で金も地位もないし、金持ちなら何でもプロに頼めるじゃん。それでも佐野がいいって言うなら、その若さ目当てとしか考えられねぇよ。住み込みなんて怪しさ満載でさ、夜な夜なエロいことしようと考えてるとしか思えなかったぜ」

「……。でも、有閑マダムはまだわかるけど、ヒヒジジイって。男じゃん、俺なんか置くより可愛いメイドさんの方が」

「普通に考えたらそうだけどさ。世の中ゲイもオネエもいるんだし、男同士だからありえない〜なんて今どきないだろ」

出帆は何も言えなかった。だって——改めて枡居という冷静な第三者の口から聞くと、まさしく彼の言うとおりだと思ったから。

やはり、昨晩は自分も舞い上がっていたのだろう。パーティの参加者ではなく傍観者、一介の裏方なのだからと淡々としているつもりだったが、勝ち組の圧倒的なオーラと華やかな場の雰囲気に気圧されて、判断力が鈍っていたとしか思えない。何度も出張バーのバイトを重ねて慣れた気でいたが、所詮《しょせん》は庶民で馴染むはずがなかった。

「——ちょっとごめん」

唐突に枡居が言い、ジーンズのポケットから携帯電話を取り出した。メールの着信があったらしい。パチッと開いて読んでいたかと思うと、慌てた仕種《しぐさ》でバッグを探り、それから顔を上げて出帆に謝った。

「悪い、佐野。俺、サークルの部屋の鍵持ってきちゃったよ。戻って渡してくる」

「わかった。電車乗る前でよかったな」

「確かに。電車乗ってたら最悪。——じゃあごめん、また」

手を振って大学に戻る枡居と別れ、出帆はしばらくその場に佇んだあと、のろのろと駅に向かって歩き出した。先ほどの枡居との会話を思い出していると、無意識のうちにため息が零《こぼ》れる。

何もかも、彼の言うとおりだ。金持ちの人間が若さしか取り柄のない学生に同居を持ちかけるなんて、どこからどう見たっておかしな話。一緒にバカンスを過ごすというのは、つまり『そういうこと』だと、なぜ微塵も思わなかったのか。

理人も自分も男だからというのは、言い訳にもならない。枡居の言うとおり、同性同士で恋愛する人がいることは知っているのだから。

一匹狼らしい雰囲気を纏った彼の気紛《きまぐ》れに付き合って、一緒に出かけたり遊んだり。夜は酒を作りながら話し相手をすればいいのだろうか……などと考えていた自分の間抜けさ加減に涙が出そうだ。

『もう少し、大人だと思ったけどな』

昨晩の理人の台詞が耳許を過り、出帆は誰が見ているわけでもないのに羞恥《しゅうち》に顔を紅くした。

もう成人していて、しかもアルコールを扱う店でアルバイトしているというのに、どんな世間知らずだと思われたに違いない。

でも……と、出帆は昨晩からのことを思い出して憂鬱《ゆううつ》な気分になった。

病院からマンションに戻ったのは既に真夜中だった。理人は医者から止められているにもかかわらずシャワーを浴びに行ってしまい、なんと同じベッドで寝た。『そういう相手』しか泊めないらしい理人の部屋には巨大なベッド一つしかなく、客用布団もないためだった。

出帆が起きたのは朝の七時で、自発的に目覚めたのではなく理人に揺り起こされたからだ。「あれだけ襲うなと言っておきながら、ここまで熟睡できる神経がすごい」と真顔で賞賛され、穴があったら入りたい気持ちだった。そんなに図太い神経をしているつもりではなく、ただ単に昨日は大学の講義を受けたあと出張バイトに直行して立ちっぱなしで働き、賭けだの口論だの慣れないことをして疲れていたせいとしか思えない。

理人が出帆を起こしたのは、大学に行かなくていいのかという親切心ではまったくなく、自分の身繕《みづくろ》いができないためだった。起床した出帆がまずしたことは、彼の歯ブラシに歯磨きチューブを出すことだったのだ。洗顔フォームの泡立ても、自由な方の手をタオルで拭くのも、全部出帆がやった。効き手が使えないと、予想以上に日常生活に支障を来《きた》すのだと初めて知った。

それから出帆は、理人の着替えを手伝わされた。理人は服を着ようと一度試みたようだが、ボタンが留められずに断念したらしい。

そのときの一連のやり取りが脳裏に蘇り、出帆はますます熱くなってきた頬を手の甲で押さえて冷ます。

　理人の吐息が微かに髪にかかるのを感じながら、出帆は彼のシャツのボタンを全部留めた。男同士——普通なら全然気にしないでできる動作なのに、理人が同性だけでなく異性とも寝るのだと知ってしまった以上、とても落ち着いてできるものではなかった。

　顔を見るのがなんとなく憚《はばか》られ、ボタンばかりを見ていると、却《かえ》って逞《たくま》しい胸を意識した。その気もないのに落ち着かない気分を味わったのは、会話が一切なかったからだ。何度か遠巻きに彼を見ていたときの印象どおり、理人は口数が少なくて、至近距離で二人とも沈黙しているとどんどん妙な雰囲気になってしまったのだった。

　しかも、シャツの次にはパンツという最大の難関が待ち構えていた。シャツのボタンすら嵌《は》められないのだから、パンツのフロントボタンはもっと難しいというのはわかるのだが、できればやりたくなかった……。

『……ほんとに自分じゃ留められない？』

　そう尋ねたとき、僅《わず》かに目を瞠ったあと噴き出した理人の顔が浮かぶ。

　何が可笑しいんだとむっとすると、理人は意地の悪い顔で言った。

『言っただろ。その気のない奴に無理強いするほど不自由はしていない』

『……』

『お前は俺を警戒しているようだが、さっきから見てると、変にぎこちないお前の方がよっぽど意識してるぞ』

痛いところを突かれてぐっと詰まり、出帆は理人を睨んだ。そして、小さく深呼吸して気合いを入れると、努めて何も感じていない素振りでパンツのボタンを留めたのだ。

なかなかボタンが嵌められなかったから、出帆ががちがちに緊張していたことに、理人は当然気づいていただろう。楽しそうな目で上から眺められ、相手の腰辺りに顔が来ている今の自分の恰好をいっそう意識してしまい、出帆は意地になったように口唇を引き結んで事務的に手を動かしたのだ。

理人の穿《は》いたパンツは何の変哲もない普通のものに見えたが、途中でちらりとタグが覗いて、出帆もよく知っている海外の高級ブランドの服だとわかった。バッグのメーカーだと思っていたが、服も作っていたことを初めて知った。

アレを毎朝続けるのかと思っただけで、気分がどんよりしてくるのは止められない。なんでこんなことになったんだか……と、何度目かもわからないため息をついたあと、出帆は足を止める。

「……」

なんでこうなったのかなんて、わかっている。誰のせいでもない、自分のせいだ。まっとうに働いて地道に稼げばいいものを、欲に目が眩《くら》んだせいで今の状況がある。

『妬まない、羨《うらや》まない。友達とは仲良く、嘘《うそ》をついちゃいけない』

共働きで忙しい両親に代わってときどき面倒を見てくれていた祖母に、繰り返し言い聞かせられた言葉。大学進学を機に上京して一人暮らしを始める際には、それに『身の丈にあった、堅実な生活をしなさい』という一言が加わった。

この顛末《てんまつ》を話せば、祖母は呆れ返るに違いない。変な賭けに乗ってしまったし、枡居には嘘をついたし。言いつけを守らなかった罰《ばち》が当たったのだ。

「ばあちゃん……」

呟いて、出帆はがっくりと肩を落とした。

「お肉の焼き加減はいかがですか」

「えっ⁉　あ……お、美味《おい》しいです」

突然質問されて、付け合わせのニョッキを喉《のど》に詰まらせそうになった出帆は、涙目で何度も頷いた。水を一気に飲んで、噎《む》せかけたのを堪《こら》える。

必要以上に音を立てないよう細心の注意を払ってカトラリーを動かしながら、出帆は思わず途方に暮れたため息をついた。

向かいの理人をちらりと見上げると、慣れた仕種で食事を進めていた。医者にアルコールは控えるように言われたはずなのに、ワインまで飲んで食事を堪能《たんのう》している。堂々とした素振りから、こういう食事風景は珍しくないのだと窺えたが、出帆にとっては人生初めてのことで緊張して仕方がない。

理人が頼んだのは出前ではなく、レストランのケータリングだった。コック帽をかぶったシェフと黒いスーツの従業員がワゴンを従えていたのを玄関で見たときは、失礼だとわかっていながら思わずまじまじと見入ってしまった。

六人掛けのダイニングテーブルは彼らが持参してきたテーブルリネンで飾られ、下拵《したごしら》えができている料理をシェフがキッチンで仕上げ、スーツの男がそれを運んで給仕するという仕組みになっている。

水を注《つ》ぎ足してくれた男がテーブルから離れた一瞬の隙に、出帆は身を乗り出して小声で囁《ささや》いた。

「こ、この夕飯幾らすんの？　こんな高そうなの、俺にはちょっと」

「お前に払わせるつもりはないから安心しろ。うちにいる間、食費を取るようなケチな真似はしない」

呆れたように言った理人に、出帆は首を振る。

「奢《おご》られる理由はないよ」

「どうして」

「俺は理人さんの言う……、そういう意味での付き合いは断ったんだから。結果的に二週間付き合うことにはなったけど、それは俺を庇って怪我をした理人さんをサポートするためで、それ以上でも以下でもない。自分の分は自分で出すよ」

きっぱりと言うと、理人はまじまじと出帆を眺めたあと、口許に皮肉な笑みを布《し》いた。

「賭けの商品にキャッシュを要求した人間の言葉とは思えないな」

「……それは」

俯いて、出帆は微かな羞恥を味わった。魔が差したとはいえ、どうして昨晩あんなことを口走ってしまったのか。パーティルームの退廃的な空気の中で口をついて出た言葉は、翌日冷静になって振り返ればひどくさもしいものだった。

理人の前には、ひと口大に切り分けられた肉の載った皿。出帆と同じものだが、理人は両手が使えないため、皿を出す前に先方が肉を切ってくれたのだった。出帆がやると言ったのだが、スーツの男が笑顔でやんわりと、こちらでお切りしますと言ったのだ。

料理するでもなし、食事する彼の介助をするでもなし。それなのにこんな高級ディナーのご相《しょう》伴《ばん》に与《あずか》るなんて、居たたまれなさすぎる。

キッチンにいる男の背中を見送り、出帆は彼らに聞こえないよう小さな声で続ける。

「今さら言ってもあれだけど。……十二万は、借りるつもりだったんだ。できれば無利息で」

「借りる？」

「そう。アパートの更新料払う時期が近づいてて——だけど手持ちが足りなくて。もらう気は全然なくて、ただ今月内に十二万借りられたらすごく楽になるって思って……それで」

恥ずかしくて、頬が熱かった。いずれ必要になるとわかっている金を用意できていなかったという、貧しさや無計画さに対する恥もあったが、それ以上によく知りもしない相手から金を借りようとした自分の非常識さに対する恥だった。

「どうかしてたんだ。華やかな場所で、なんだか現実感が薄れてて」

「……」

「すみませんでした」

言い訳めいたことを言う自分が嫌で、出帆は途中で切り上げると謝った。それからようやく顔を上げ、理人の目を見た。

自分を見つめる理人の眼差しは、不愉快さも呆れた素振りも見せていなかったが――あの、興味深そうな目だった。

じっと見つめ返した出帆は、その目が少し変化していることに気づく。

昨晩は単純に面白いものでも見るようだった目は、今朝はちょっと違って見えた。一人前に頼もしいことを言うじゃないかと、ちょっとした賞賛のようなものも混じっているように感じるのは気のせいだろうか。

「……それで、更新料のあてはあるのか」

尋ねた理人に、出帆は籐《とう》の椅子《いす》の背凭《せもた》れに背中を預けながら言う。

「まぁ――なんとか。一ヵ月分ならバイト代貯《た》めてた分があるから、大家さんに頼んで分割にしてもらおうと思ってる」

「仕送りは？」

「月三万しかないんだ」

肩を竦め、出帆は訝しげな顔をしている理人にあっけらかんと言った。

「俺の父親、ちっちゃい会社やってるんだ。昔はそれなりに売り上げがあったらしいんだけど、ここ数年で急に業績が悪化したらしくて」

「……」

「俺、そんなこと全然知らなかったから。東京に憧れもあったし、東京の大学で勉強したいって言ったんだ。親は反対しないで頑張れって出してくれたんだけど……二年前の秋に連絡があって、経営が厳しいって」

「このご時世じゃな」

「ん。俺って楽天的だから、なんとなくうちは大丈夫じゃないかなんて思ってたんだけど、甘かったよ。……本音言えば、俺が東京の大学に行きたいって言ったとき、本当のこと教えてほしかった。入学してたった半年で、学費や仕送りが難しいって言われても、どうしたらいいかわかんなかったから。――まぁ……たぶん、父さんも母さんもぎりぎりまで頑張ってくれたからだと思うけど。仕送りは三万に減ったけど、俺が卒業するまでは続けるって言ってくれたし」

「学費は?」

「半分は家に出してもらってる。残りの半分は奨学金。俺が卒業してから返す分」

説明した出帆に、理人は納得したように頷いた。

「そうか。アパートの更新料が必要だと言う割には時期が変だと思ったが、仕送りが減ったときに引っ越したのか」

「そう。前はマンション借りてたんだけど、今は築三十五年のアパート」

正直に、出帆は自分について話した。絶対に接点のないはずの理人と自分。昨晩まではただの顔見知りだった二人が、こうして一緒に食事をしているのは、なんだか不思議な気がした。

リビングの隅に置いた、この部屋には似つかわしくない自分のデイパックを眺めれば、ますます夕食の味がわからなくなった。大学からここに来るまでに寄った自分のアパートから持ってきた、当面の荷物だ。

「友達に、とある人の身の回りの世話をするために住み込みのアルバイトするって言ったら、不審がられた」

ぽつんと呟いた出帆に、理人は当たり前だと言いたげに頷く。

「そりゃそうだろ」

「俺の不注意で怪我させちゃった、バイト先の常連客だって言ったら納得してたけど……。最初、有閑マダムか変態のお爺《じい》さんかと思ったって」

「ははっ」

笑い声を上げた理人に、出帆は思わず目を瞠った。どこか醒めた、お仕着せのクールな笑顔は何度か見たことがあったが、こんなふうに楽しそうに笑ったのは初めて見た。

しかし、新鮮な驚きに感動する間もなく、理人はすぐに普段のポーカーフェイスに戻ってしまい、挙げ句の果てに憎らしいことを言う。

「その友達は、お前より危機管理能力があるな」

「もう勘弁して……。俺が阿呆《あほ》だったたってわかってるよ」

ため息をついた出帆をしばらく眺め、理人は意味深な笑みを口許に布《し》いた。

「そういう世間擦れしていないところが、お前のいいところだ」

「……」

「今日だって、ここに戻ってきたのが意外だった。てっきり自分のアパートにでも帰って、二度と近寄らないと思っていたから」

「………」

「よく戻ったなと驚いたのが正直なところだ。しかも『ただいま』ってのはいったい」

荷物を持ってここに現れたときのことを思い出したらしい理人が噴き出したのに、出帆はやけっぱちな気分で高級な肉を口に放り込む。朝出てきたところに戻ったのだから「こんにちは」はおかしいと思い、考えた末に「ただいま」と言って部屋に上がったのだが、それが理人には可笑しかったらしい。読んでいた本を伏せ、ひとしきり肩を震わせていた。

質問される一方で、喋ると笑われることの繰り返しなので、出帆は咳払《せきばら》いすると自分から質問を振る。

「理人さんの読んでた本、何？」

「『罪と罰』」

「ふーん」

しかし、会話はそこで途絶えた。

あまり話すのが好きではないのかなと思った出帆は、すぐに内心で首を振る。パーティで見かけるときの理人は確かに物静かだが、自分と会話しているときはその限りではないと気づいたのだ。いろいろ聞かれるし、僅かとはいえ表情も変わる。

「このあとデザートになります」

空になった皿を下げた男が言うのに、恐縮する。味は殆どわからなかったが、絶対に美味しかったはずだ。これだけ気も漫《そぞ》ろなのに、綺麗に平らげてしまったのだから。

「ええと……デザートはお一人分でしたね」

男の言葉に、理人が応えた。

「デザートはこの子だけ。俺はコーヒーで頼む」

「かしこまりました」

どうやら、甘いものはあまり好きではないらしい。それなのに自分のためにわざわざ一人分のデザートを頼んでくれていたことを知って、出帆は少し驚いてしまった。

どういう人なのだろうと思ったとき、考えるより先に言葉が口から出る。

「理人さんは、仕事は？　今日は怪我で休んだみたいだけど、明日は出勤だよな。俺、何時に起きたらいいんだろ？」

出帆の質問に、ワイングラスを傾けていた理人は手を止めると、目を眇めて空《くう》を見た。

「出勤は……気が向いたときにしかしないから、当分は休みだ」

「……何の仕事してんの？」

「何の仕事……。難しい質問だな」

「……」

あまり話す気がないのかなと思い、出帆は途中で諦めた。こんなに裕福なのだ、もしかしたら胡散臭い仕事をしているのかもしれない。

「出帆、故郷に兄弟は?」

「いるよ。兄さんと姉さん。二人とも地元で就職してる」

案の定《あんじょう》、話題を変えられてしまった。質問に答えながら、出帆はそっと理人の顔を見る。

決して心を許したわけじゃないけれど——もっと彼自身について教えてくれたらいいのに、とちょっぴり残念な気分になったのは事実だった。

*

奇妙な同居を始めて、三日が過ぎた。

この間、出帆の生活は、夜にやっていたバーのアルバイトがなくなっただけで、それ以外は普段とさほど変わらなかった。アパートから持ってきた服を着まわし、昼は大学で講義を受けたり日中のアルバイトしたり、部屋ではレポートを書いたり勉強したり。第三者の目には、三日前の『佐野出帆』と何ら変わらない姿に映っているに違いない。

ただ——見た目に変化はなくても、内情が大きく変わったことは出帆が誰よりも理解している。

勉強に使う机が先輩のお下がりのボロいちゃぶ台ではなく一枚木の六人掛けダイニングテーブルになるとか、夕食が特売の豚肉を入れた卵とじうどんではなく高級ホテルのケータリングディナーになるとか。生活スケジュールは変わらないのに、生活レベルはいきなり最上級クラスになってしまった。

壇上でボードに向かう教授の背中を頬杖《ほおづえ》をついて眺め、出帆はぼんやりと物思いに耽《ふけ》る。

彼の言う『そういう関係』を結ぶつもりは毛頭ないが、怪我をさせてしまったお詫びとして、できる限りのことはする気だった。具体的に言うと、家事全般と日常生活のサポートだ。ところが、後者はともかくとして前者はまったく何もしていない状態だ。

そもそも、理人は自分で基本的なことを一通りできるらしい。しかし『できる』と『やる』は別問題で、彼は清掃業者と契約しており週に二度ハウスキーパーを派遣してもらっていた。普段は自分でざっと掃除して、汚れが溜《た》まる前にプロに隅々まで綺麗にしてもらうというスタイルだ。したがって、出帆が何かやろうとするたびに「しなくていい」と制されるばかり。出帆が手持ち無沙汰にしていると暇なら付き合えと言われ、ワインをあける。映画でも見ようと言われ、ネット通販で買ったばかりと思しき新品のＤＶＤを流しながら、二人でソファに座って飲んだりする。

ちなみに、ＤＶＤを映し出すのはリビングにある巨大なテレビではなく、さらに大きなホームシアターというやつだった。サラウンドが効いていて、映画館にいるかのような気分で観《み》られるのだが、自分が場にそぐわない感じがする出帆には、心から楽しむ余裕などなかった。

相変わらず謎《なぞ》に包まれている理人だが、アルコール全般が好きなのはよくわかった。ただのキャビネットだと思った家具が実はワインセラーで、何本ものボトルが鎮座していたからだ。

もちろん、出帆にワインの味なんかわかるはずがない。自分が美味しく感じるか否かだけで、美味しいものがイコール高いかというと、そうでもないのが現実だ。一本のワインを空ける間、理人が出帆にいろんなことを尋ね、他愛のない会話を交わす。それだけ。

「レポートのテーマ、どうしよ。佐野はもう決めたんだよな～、焦《あせ》るわ」

本日の講義をすべて受講し駅に向かっていると、隣の枡居が呟いた。出帆は半ばやけっぱちな気分で応える。

「『セレブの生態』とかどう」

「なんだよそれ」

噴き出した枡居は、首を傾げながら言った。

「セレブかー。俺らから見たら遊びみたいなもんが仕事なんだろうか」

「どうだろ」

「だって芸能ニュースとか見てるとそうじゃん。高級ブランド店のオープニングに出席したり、なんかよくわかんねぇパーティしたり」

枡居の台詞に、あの怪しい会員制パーティを思い出して「当たらずといえども遠からずだ」と内心感心していた出帆は、ため息をついた。確かに枡居の言うとおり、参加者は全員日中何をしているのだろうと訝ってしまいたくなる様子だ。そもそも働いているのかどうか。

頭の中に、理人の姿がぱっと浮かんだ。出帆がマンションに帰ると、理人はあの豪奢な内装の部屋でいつもリビングのカウチに楽な姿勢で腰掛け、本を読んでいた。出帆が帰ると相手をしてくれるが、レポートなどがあるというと一人にしてくれ、その間は静かに読書に耽っている。

昨日、理人がちょっと席を外した隙に、本を見てみた。ガラス製のコーヒーテーブルに伏せられた本は彼曰《いわ》く『罪と罰』だったが——本当なのかどうか、出帆に確かめる術《すべ》はなかった。全文ロシア語だったからだ。ほぼ一日中読んでいるわりには一冊読み終えるまで時間がかかっているなと思っていたが、当たり前だ。

ちなみにロシア語というのも定かではない。英語ではなく、出帆の選択している第二外国語のドイツ語でもなく、『罪と罰』なら作者のドストエフスキーがロシアの文豪だから、たぶんこの本は原書でロシア語なんだろうと思っただけだ。

「……っていうか、あの人たちってみんな無職なのかな」

独り言のように呟いた出帆に、枡居は事もなげに言う。

「何たら親善大使とかわけわかんね肩書きついてるから、『無職』じゃないとは思うけど、働いてなんかいるわけねぇだろ」

「やっぱそうなのかな。貯金——じゃなくて、資産って言った方がいいのか、いっぱいあるから働かなくていいってことか。……そうなりたいとは思わないけど、来月の生活費を心配しなくていいっていうのは羨ましい」

ため息混じりに苦笑した出帆の横で、枡居がもっともらしい顔で言った。

「あいつらの貯金は減らないんだろ。俺らは数万とか、多くても十数万しか口座にないから利子も高が知れてるけど、何億とかあったら元本そのままでも利息分だけで食ってけるんじゃないの？　だってよ、金利が０・０１％だとしても１億円預けてたら一年間で……えぇと」

眉間《みけん》に皺《しわ》を寄せて計算を始めた枡居に、それもそうだと出帆は頷くしかなかった。昔、誰かから「お金は寂しがりや。傍に誰もいないと寂しいから、仲間がたくさんいるところに行きたがる」と聞いたことがある。金が金を生むという言葉どおり、世の中は金持ちほど儲《もう》かる仕組みになっているのかもしれない。

「しかし、金持ちが普通預金に入れてるとも思え……あっ！」

「な、なに」

唐突な叫び声にビクッとした出帆に、枡居は閃《ひらめ》いたとでも言いたげに聞いた。

「その人、デイトレーダーかなんかじゃねぇの？」

「違うと思う。一日に何回かパソコン見てるけど、いつも短時間。メールの確認だけっぽい」

「なんだ」

肩を落とした枡居の横で、出帆は大きく息をついた。世の不条理や未《いま》だ同居人の正体が見えないもやもや感を全部ため息にして吐き出して——仕方ないなと前向きに考えることにする。

そう、もうどうしようもないのだ。それなら猜疑心《さいぎしん》に包まれながら暮らすより、意に沿わない二週間を少しでも居心地良くするべく努力するだけ。

「枡居、悪いけどここで。俺スーパー寄ってく」

「スーパー？　そのセレブの近所で行きゃいいのに」

「セレブのマンションはセレブの界隈《かいわい》にあるんだよ。スーパーつっても、なんか変な輸入系の店か自然食品系しかない」

今日の朝、大学に行きしな覗いたときのことを思い出して、出帆は身震いした。ジャガイモは一個で二百円、ご大層に一つずつ包まれたプレミアムトマトはなんと一個五百円以上。あんなものを日常的に買っていたら、あっという間に破産だ。

「もうあんな夕食は嫌だ……。今日は俺が作る」

「？」

ブツブツ呟いている出帆に枡居は変な顔をしたが、深くは突っ込まずに「じゃあ」と手を上げた。それを見送って、出帆は庶民的なスーパーに足を踏み入れたのだ。


「ただいま……」

遠慮がちに声をかけて、出帆は一向に慣れないだだっ広い玄関で靴を脱いだ。リビングに行き、いつも理人が本を読んでいるカウチに自然に視線を投げたが、姿は見当たらなかった。

「……？」

きょろ、と周囲を見回して、じきに家主を見つける。一度も近寄ったことのないリビングボードの近くで、理人が床にしゃがみ込んでいた。周囲にはダンボールや緩衝材《かんしょうざい》が点在している。

「理人さん」

声をかけると、ようやく理人が振り向いた。出帆の顔を見て一瞬だけ目を瞠ったところを見ると、帰ってきたのにまったく気づかなかったらしい。

何をしているのかと近づいた出帆は、理人が剝《は》がした包装紙を丸めながら聞いた。

「それ、買ったの？」

「まぁな」

「へぇ、理人さん買い物行ったんだ」

全然外出しないなと思っていたのでなんだかほっとしたが、帰ってきた答えはＤＶＤと同じく「ネットで買った」というものだった。徹底したインドア派だと、思わず呆れてしまう。

結構大きな箱に興味が湧き、理人の近くで梱包《こんぽう》が解かれるのをじっと見守っていた出帆は、中から現れたものに思わず目を丸くした。箱に描かれているのは、ダーツボードだ。

「えっ。え？」

きょとんとしている出帆の前で、理人は無表情で中身を取り出した。真新しいボード、壁に取り付けるための釘やフック。それから、綺麗な小箱に入ったシャトル。

一本手に取り、片目を瞑ってキャビネットの上のフラワーベースに照準を定めている理人に、出帆は面食らいながら尋ねる。

「なんでこんなの買ったの」

「別に俺が何を買おうといいだろう」

「いや、文句なんて言ってないよ。理人さん、ダーツやるんだ……」

だとしたら勝負に負けたのは自明の理だ。しかし、あの晩の一投目を思い出す限り、とても経験者という感じではなかったがと出帆が内心で首を捻っていると、理人はエアクッションを払い除《の》けながら立ち上がった。

「やらない。学生時代に二度ほどやっただけで、あの夜が三回目くらい」

「そうなんだ？　じゃあなんでボードなんか」

あまり詳しくない出帆でも、この一式がお遊び用のちゃちなものではなく本格的なセットだということはすぐにわかる。趣味でないなら、なぜわざわざ購入したのだろう。

首を傾げている出帆を、理人はしばらく眺めていた。それからふと目を逸らし、ぶっきらぼうに言う。

「やったことがないから、やろうと思って買っただけだ。悪いか」

「悪くはないけど――…。理人さん、右手使えないじゃん」

「左手がある」

素っ気ない口調に、僅かな照れが滲《にじ》んでいるのに気づき、出帆は目を瞬かせた。ほぼ同時に、しっかりした彼の首筋が心持ち紅くなっていることに気づき、はっとする。

背の高い理人を上目遣いで見上げ、出帆は小さな声で尋ねた。

「……ひょっとして、怪我してるのも忘れて、俺とダーツやった次の日に早速《さっそく》ネットで注文したとか？」

「……」

「…………もしかして理人さん、負けず嫌い？」

「…………」

答えはなかったが、ないことが答えたも同然だ。思わず噴き出した出帆を苦い目で眺め、理人はわざと無視するようにボードを手に壁に向かう。

細いシルバーの額に入った洒落たリトグラフを外し、代わりにボードを吊《つ》るした理人に、出帆は笑顔で話しかけた。

「コーチ、してあげようか」

「いらん」

「またまた～強がって。壁に穴開くかもよ」

「負けた奴が偉《えら》そうに」

言い返されて、出帆はたまらずに笑い出した。小箱の中からシャトルを数本取り出し、立ち位置を決める。

「理人さん、早く退《ど》いて」

「なんでお前がやるんだよ」

呆れたように言った理人だったが、ボードを固定するとすぐに退いてくれた。目を眇めて狙いを定め、出帆は真っ直ぐシャトルを投げる。

放物線というよりほぼ直線を描いてボードに突き刺さったシャトルを見て、理人が苦笑した。

「上手いもんだな。なんであの晩、お前が負けたのかわからん」

「なんか……雰囲気に飲み込まれて」

えへへと照れ笑いでごまかして、出帆は理人に場所を譲った。自分が投げたシャトルを抜き、理人のスローイングを眺める。

シュッ、と投げ出されたシャトルはボードの端に当たり、落下した。利き手でない左で投げているのだから、仕方ない。肩を竦めた理人に、出帆はシャトルを拾いながらアドバイスする。

「矢を離すのが、ちょっと早いかも」

「……」

「こう……肘は胸より下げないようにして、それで……こう」

理人の隣に行き、出帆はぴたりと寄り添った。自分の右手で理人の左手を持ち、横からフォームを矯正する。

いずれ右で投げるだろう理人にアドバイスもないと思ったが、考えるよりも先に行動していた。涼しい顔で何でもできる人だと思っていたのに、実は負けず嫌いだったという意外な一面を見て、なんだか楽しくなってきたせいだ。

どんなことでも簡単にやってしまうのは、たぶん彼の生まれ持った資質のせいだろうけれど、もしかしたら陰で努力を重ねることも厭《いと》わない性格かもしれないと思った。そう思えば、嫌味なほどの万能ぶりもまったく鼻につかず、逆に親近感が湧いた。

隣に立っているからか、ふと鼻腔を擽る香りに気づき、出帆は手を離すと理人を見上げる。

この香りは、初めて感じるものではない。至近距離で向かい合ったとき——最初の晩に抱き竦められたときや、着替えを手伝ったりしたとき、微かに気づくフレグランス。これまではこの香りが過《よぎ》ると、必要以上に近づいていることに気づいて緊張したものだ。

けれど、今は違っていた。緊張感はなく、ただ近くにいるのだなと認識するだけだ。洗面所に置いてある、この香りが微かに漏れている緑色のボトルを思い出し、ここでの生活にも慣れたのかなと思う。

「肘は開かないで、脇を締めるんだ。慣れないうちは、空いてる方の腕で固定するといいよ」

「……なるほどね」

アドバイスどおりにすると安定感が増すと知ったらしく、二、三度素振《すぶ》りをした理人が呟いた。

出帆に促されて放った第二投は、中央からはかなり外れていたもののボードにはしっかりと刺さる。

努力もしているんだろうけど、やっぱり勘がいいやと舌を巻き、出帆はしばし、熱心にダーツに興じる理人を見守った。

顎を引いたり背筋を伸ばしたり、あの晩出帆の投げ方を見てすぐに矯正したところは直ったままだった。頭がいい上に、実践《じっせん》力もあるということだろう。何度も同じアドバイスをしなければならないことは決してなく、めきめきと上達していく姿は清々《すがすが》しいほどで、レベルが違いすぎるために嫉妬《しっと》心などは微塵も湧かなかった。

的から視線を外さないまま、理人が言う。

「右手が治ったら、もう一度勝負するか？」

「やめとく。左でもそれだけ投げられるんなら、勝てる気がしない」

苦笑して首を振った出帆を振り返り、理人が得意気な顔で笑った。いつもは無表情だからこそ、その笑みはとても人間味に溢れていて、出帆は思わず目を瞬かせる。

再びボードに向かい、理人が言った。

「出帆、ビリヤードは？」

「やったことがある、って程度」

「そう。じゃあ、お返しに教えてやるよ。——手が治ったら」

何気なく付け足された最後の言葉に、胸がざわめいた。

ガラスで深く切った手が治るまではどれくらいかかるのだろうと、ふと思う。

約束は、二週間だ。最初に理人が提示してきた期間が二週間だったから、手が使えない間だけという条件に変わっても、深く考えずに二週間と言った。もし長引くようなら、二週間が過ぎてもここで暮らさなければならないのだろうか。

二週間より前に治ったら、ここを出て行くことになるのだろうか。

「……なんだこれは」

「え？　——あっ」

物思いに耽っていた出帆は、理人が床に置いたビニール袋に気づいたのに我に返った。慌てて駆け寄り、拾い上げる。

ダーツを中断して訝しげな目で袋を見ている理人に、出帆は笑顔で言った。

「夕飯の材料。今日は俺が作るよ」

「？」

「毎日あんな高いもんばっかり食べてたら、身体に悪いよ。あと俺の精神にも悪い」

真面目な顔で言うと、しばらく呆然としていた理人が思い切り噴き出した。珍しい姿に目を丸くして、出帆はビニール袋を提《さ》げたままその場に佇む。

理人は笑いを収めたものの、まだときおり肩を震わせながら言った。

「そんなに嫌だったのか。なんでだ？　ああいう食事はしたくてもできないだろう、ここにいる間だけのものなんだから、変に気を回さずに愉しめばいいのに」

「したくてもできないって、そりゃそのとおりなんだけど。でも、毎晩あんなに豪華なもんご馳《ち》走《そう》してもらう理由がないから。俺が理人さんと寝るなら堂々と食わしてもらうけど、絶対寝ないし」

断言して、出帆はだだっ広いリビングに面するキッチンに向かった。再びボードに向かった理人の背中に、「冷蔵庫借りていい？」と聞く。

勝手にしろと答えが返ってきたので、出帆は遠慮なく冷蔵庫のドアを開けた。家の中でここまで声を張り上げないと会話できないのもどうよと思いつつ、ビニール袋から取り出した豚肉をしまおうとして、手を止める。

「――…」

結構ものが入っていることに驚き、出帆は思わず理人を振り返った。開けるまでは、缶ビールや水程度しか入ってないと思っていたから意外だ。

自分の買ってきたものをしまいがてら、ついあちこち見てしまう。冷蔵室に入っているのは、チーズなどのつまみ類やマヨネーズなどの調味料。野菜室は水やワインが整然と詰まっていた。これだけ見ればいかにも一人暮らしの男の冷蔵庫だが、問題は冷凍室だ。

野菜室に野菜が一つもない理由がわかる。どうやら鮮度がいいうちに全部洗って切っておくらしく、冷凍室には袋に入った野菜や食パンが整然としまわれていた。この様子では、かなり料理に慣れている。

俺が作ると宣言したのは間違いだったかも……と、出帆は途方に暮れた。


ダイニングテーブルに両肘をつき、組んだ指の上に顎を載せて興味津々《しんしん》の顔でこちらを見ている理人の前で、出帆は包丁を手に取った。にんじんの皮を剝《む》きながら、口唇を尖《とが》らせる。

「緊張するから見んな」

「いや、何ができるのかと思って」

「まだ内緒。できたら呼ぶからっ」

びしっと言ったが、理人はにやにやして観察し続けるだけだ。努めて無視して、出帆はにんじんに集中した。なんでオープンキッチンなんだと、内心でぼやく。

アルバイト先で厨房《ちゅうぼう》に立つことも珍しくないから、下手《へた》な女の子よりはよっぽど包丁が使える方だ。ただ、食事くらいしか愉しみがないらしい暇人が意外と自炊派だったことを知ってしまった以上、その目の前で堂々と披露するほどの腕前ではない。

「手伝ってやる」

「いらない。そもそも片手が使えないのに手伝うも何も……」

「確かにな。でも、出汁《だし》くらいは」

「――‼」

理人が手にしているものを見て、出帆は目を剝いた。今日スーパーで買ってきた『鍋《なべ》の出汁』のパックだ。

慌ててそれを引ったくると、出帆は気まずい気分で肩を落とした。作るとは言ったし、倹約生活を送る者としてかなり自炊する方だが、所詮は簡単メニューしかできない。毎晩豪華なものを食べているらしい理人にメニューを言うのが憚られて、ぎりぎりまで黙っていたのだった。

しかし、理人は気にしたふうでもなくシンクの下に屈《かが》み込む。

「鍋、久しぶりだな。土鍋がないけど、これでいいか」

「……うん」

「パックじゃなくて、俺が出汁を作ってやる。そっちは具材を切って」

「う、ん……」

セレブの舌にパックはさすがにまずいかと思い、しおしおと野菜を切り始めた出帆は、土鍋代わりの普通の鍋に理人が湯を沸かし始めたのを横目で眺めた。理人は慣れた仕種で昆布《こんぶ》で出汁をとっている。

野菜があらかた切れた頃、鍋も沸騰《ふっとう》した。昆布と入れ替わりに投入した鰹節《かつおぶし》を取り出した理人は、軽量カップを使わずに醤油《しょうゆ》やみりんを適当に入れていく。唖然として見守っている出帆の前ですべて終わらせてしまうと、理人は小さな器《うつわ》に出汁を少しよそい、出帆に差し出した。

「……美味しいかも」

「だろ?」

味見の感想に、理人は自慢げな顔で頷いた。手際と出来に感心していたはずなのに、さっきのダーツと同じく得意気な表情がなんだか可笑しくて、出帆は思わず噴き出してしまった。

「なんで笑う」

「な、なんか……理人さんって、結構面白いね」

「何が」

訝しげに返した理人を見ているうち、出帆はどんどん笑いが込み上げてきてしまった。もっとクールかと思っていたけれど——実際、一日の大半は無表情でつまらなそうな感じなのだけれど、負けず嫌いだったり誉められて満更でもなさそうだったり、意外な一面もある。そんな素顔は、これまでバイトで見かけていた長い間にも見たことがなかったから、はっとして嬉しくなってしまう。

「野菜はいいけど、メインは」

「鰯《いわし》のツミレ。申し訳ないけど、金欠なので鯖《さば》ではなく鰯です」

楽しい気分のままわざとふざけた口調で言い、出帆は鰯を出した。器用に魚を捌《さば》く手つきを見て感心してくれた理人に、漁師だった祖父が子どもの頃から教えてくれたのだと言う。

ミンチ状にした鰯に下味をつけたら、下拵えは終わりだ。二人で鍋に豪快に野菜を入れ、ダイニングテーブルに鍋敷きを置く。

本当はコンロの方がいいのだが、殆ど人を呼ばないらしいこの部屋にそんなものがあるはずがなく、それだけが残念だった。出来上がったら全部浚《さら》って、新しい具材を入れるたびに火にかけるしかない。

向かい合わせに座って、出帆は二人で作った鍋を食べた。自分でも驚くほど食が進んだのは、久しぶりの庶民的料理が口に合ったということ以上に、理人の作った出汁が美味しかったからだ。豪奢な内装、高級なダイニングテーブルにそぐわないことこの上ない食事風景だったが、鍋の力か、話も弾《はず》んだ。相変わらず他愛のない会話ばかりだったけれど、楽しかった。

「ごちそうさま。美味かった」

食べ終わったあと、理人はそう言って出帆に軽く頭を下げた。あのパーティ会場でもきちんと礼を言ってくれた理人だったから驚かなかったが、とても丁寧で少し恥ずかしかった。

なにより嬉しかったのは、安い食材ばかりで作った鍋を美味しいと言って、何も残さず全部綺麗に食べてくれたことだった。

「……どういたしまして」

照れそうだったのでわざと偉そうに頷いて、出帆は食器を重ねるとシンクに運ぶ。ついてきた理人に自分が洗うからいいと言うと、彼は引き出しから新しいクロスを出しながらこともなげに言った。

「食事作ってくれたお礼に、後片づけは俺がやる……と言いたいところだが。腕がこれだから、悪いが拭くだけ」

恩着せがましさもなく、当たり前のように後片づけを手伝う理人に、出帆は意外な気持ちだった。

全然働いている素振りもなく、金にあかせて豪華な食事をケータリングし、いかがわしいパーティを初めとして遊びまわっているだけかと思っていたが、案外違うようだ。

「……」

並んで作業していると、なぜか心臓がどきどきして落ち着かなくなった。仄《ほの》かに香る彼のフレグランスのせいかもしれないし、同居することになって彼の新しい表情を幾つも知り、だんだん親密な雰囲気になってきたせいかもしれなかった。

隣で皿を拭いている理人をちらりと見上げ、出帆は目を瞬かせる。

初めて、恰好いいと思った。

別に、好きになったわけじゃない。男同士、そんなことはありえない。

けれど、これまでは呆れたり嫌悪したりすることが多かったのに、今は少し違っていた。

できることよりできないことの方が多く、日々一生懸命暮らしている自分の目から見て、今夜の理人は普通に恰好いい大人の男に映ったのだ。

＊

エントランスのロックを解除し、出帆はエレベーターに乗った。認証盤にカードキーを翳《かざ》して階数ボタンを押したあと、薄っぺらいそれをまじまじと眺める。

部屋に辿《たど》り着くまでに何度も認証の必要があるからと持たされたものだが、カードキーなんてよく預けるなと呆れたのも事実だ。あの部屋には、盗めば金になりそうなものがごろごろしている。

もちろん泥棒を働く気なんかこれっぽっちもないけれど、あの暇人は危機管理能力に問題があるんじゃないだろうか……と自分のことを棚に上げて思いながらエレベーターを降りた出帆は、エントランスに男がいるのに気づいて足を止めた。

ほぼ同時に、向こうも出帆の存在に気づいたらしく、アルコーブの門を閉めていた手を止める。シャツにチノパン、ノーネクタイという姿を訝しく思い、出帆は油断なく警戒しながら誰何《すいか》した。

「どちらさまですか」

「君こそ誰だ」

しかし、質問で返されて詰まる。聞き返されて気づいたが、相手同様こちらも不審者と思われても仕方ない。

今の自分の立場をどう説明しようと迷っていると、男はふと思い出したように言った。

「もしかしてあれか、バーテンの子か」

「……はい」

「賭けをして負けて、有坂《ありさか》に買われたらしいな」

「……」

身も蓋もない台詞に、出帆はむっと口唇を引き結んだ。確かに事実だが、そんな言い方はないだろうと思ってしまう。だいいち、買われたと言ってもいかがわしい関係にはなっていない。手を怪我した理人の生活を助けるために同居しているだけだ。

「あの」

不愉快さを滲ませながら強く出た出帆に、男は肩を竦めて言った。

「僕は有坂の会社の者だ。別に不審者じゃない」

「会社？」

「そう。仕事のことでちょっと話があって来ただけだよ」

そう言って、男は名刺を見せてくれた。『株式会社エックスブレイン　取締役副社長　鈴木《すずき》祐一《ゆういち》』と記されたそれに、出帆は目を瞠る。

今は不審そうな顔をしている鈴木だが、小太りな体格といい目も鼻も丸い顔立ちといい、どことなく人のよさそうな雰囲気が漂っている。とても会社のナンバー2である副社長には見えないというのが、正直な感想だった。

受け取った名刺を見つめながら、出帆はふと目を瞬かせ、かねてから知りたかったことを口にする。

「この……エックスブレインって、何をやってる会社なんですか？」

「何って……。いわゆるＩＴ会社だよ。ブログやショップサイトのシステムを提供してる」

「ＩＴ会社……」

そうすると、理人はまさかのＩＴ社長なのだろうか。しかし、テレビでたまに見るＩＴ社長はみんな忙しそうだ。理人は出勤どころか、外出している素振りがまったくない……。

「……理人さんって、何やってる人なんですか」

その質問に、鈴木は心底呆れた顔をした。

「何って、社長だよ。エックスブレインは有坂が学生のときに立ち上げた会社。まぁ……当時は社名も違ったし、今とは規模も何もかも違いすぎるけれど」

「……しゃちょう。……何歳なんですか」

「三十二歳。まぁ社長っていっても、ほぼセミリタイア状態だけど。うちのシステムで成功したのがあって、それがかなり稼いでくれてるからね。有坂は月に何度か重要な会議やプレゼンがあるときだけ顔を出して、あとは僕たちほかの役員に丸投げ」

「……」

予想はしていたが、やはり本物のＩＴ社長というのは衝撃的だった。あれだけの容姿と資産があって、なおかつ社長の肩書きがあれば、パーティで女性に引く手数多《あまた》だったのも頷ける。

仕事をしている様子が全然ないので、どこかの御曹司か何かかと思っていたが、学生時代に自分の手でベンチャー企業を立ち上げたというのには驚いた。未だに卒業後の道が見えてこない出帆にとって、それはとても尊敬できることだ。

せっかく会社が成功したのだ、どうして部下に丸投げなんかしてしまったのだろう。毎日、これといった仕事もせず本ばかり読んでいる理人の姿を思い出し、出帆が眉を寄せたときだ。

「人のことを気にするより、君は何なんだ。仕事もせずに男に買われて」

鈴木に謗《そし》られて、出帆は目を伏せた。彼の目には、さぞいい加減な若者に映っているに相違ない。

「……そのことですけど。鈴木さんはどうして」

ここにいる経緯を知っているのかと尋ねた出帆に、鈴木は憮然《ぶぜん》とした顔で言った。

「噂《うわさ》を耳にした。有坂が下世話なパーティで、バーテンの若い男の子を連れ帰ったって」

「……」

「まったくあいつも何を考えてるんだか」

独り言のようにぼやき、鈴木は真剣な口調になる。

「君はまだ若いんだ、もっとまっとうに生きた方がいい。金のために身体を売るようなことをしていたら、絶対あとで後悔する」

「……そんなのじゃないです」

「そうじゃないなら、何なんだ。金のためじゃなくて本気だとでも言うのか?」

——続けられた鈴木の言葉に、出帆は答えられなかった。

昨晩、恰好いいと思ってしまったことが脳裏を過る。

本気なわけがない。昨晩感じた好意的な気持ちも、年上の男の意外な一面を見て芽生えただけのもの。二人でいると落ち着かない気分になるのも、自分とは違う世界で生きる彼が珍しくて、興味が湧くだけ——。

「……」

黙り込んでしまった出帆に、鈴木はため息をついた。そして、静かに言った。

「本気なら、なおさらやめた方がいい。有坂は誰にも本気にならないよ」

*

「……」

シーツの中で瞼《まぶた》を開けて、出帆はそっと瞬《まばた》きした。灯《あか》りを絞った寝室は薄暗いが、真っ暗というわけではない。カーテンを閉じていないため横長のＦＩＸ窓が剝き出しになっているが、下界のネオンに照らされた夜空は明るく、その光が眠りを妨げない程度に部屋に射し込んでいるせいだ。

小さく身動《みじろ》いで、出帆はベッドから窓を眺めながら、背後の気配に神経を集中させる。

理人と同じベッドで寝るようになって、一週間と少しが過ぎた。けれど、一向に慣れることはない。息を詰めて、決して振り返らずに背中越しに様子を窺《うかが》い、出帆は目を伏せる。

昨日、鈴木と話してから、なんだか変になってしまった。

鈴木が理人と何を話したのかは知らない。仕事の邪魔にならないよう、出帆は外で時間を潰したのだ。出帆がマンションに戻ったときは鈴木の姿は既になく、理人は何も言わなかった。出帆も、鈴木と話した内容などには何も触れず、いつものように一緒に作った夕食をとった。

でも、あれから何かが変わっている。理人ではなく――自分の心の奥が変わってきているような気がして、少し怖かった。

『有坂は誰にも本気にならないよ』

あの台詞を思い出すたび、鳩尾《みぞおち》の辺りがひやっとするような覚束《おぼつか》ない感覚に陥《おちい》る。同性の理人を好きなわけではないし、彼が恋愛相手に本気になるか否かもどうでもいいはずなのに、きっぱりと告げられた言葉を忘れることができない。

「――寝られないのか？」

突然声をかけられて、出帆はびくっと肩を強張《こわば》らせてしまった。今さら寝たふりもできないので、仕方なく上体を起こす。

「ごめん、起こした？　――俺、ちょっとテレビでも見てくる」

横になったままの理人を見下ろし、速くなってきた鼓動に気づかれないよう努めて普段の口調で言うと、理人はしばらく眠そうな顔で目を瞬かせたあと起き上がった。

「俺も起きる」

「な、なんで」

「寝そびれた」

理人の声に詰るものは一切混じっていなかったが、なかなか寝つけなかった出帆がときおり動いていたせいで寝られなかったのは明白だ。申し訳ない気分になり、出帆はさっさと寝室を出ようとする背中に声をかける。

「ごめん」

「……」

足を止めた理人は、振り返って出帆をまじまじと眺め、それから苦笑した。文句も言わず、リビングに向かう。

慌ててあとをついていった出帆は、バーカウンターの内側でグラスを出している理人に言った。

「俺、作るよ。何がいい?」

「何でも……いつもと同じのでいい」

「うん」

頷いて、出帆はロックグラスを出して理人が好んでいるウィスキーを注いだ。自分の分は水で薄め、理人の分は冷蔵庫から出したオレンジスライスを浮かべる。

ソファではなくダイニングテーブルについている理人の傍に行き、グラスを差し出すと、出帆は向かいに座った。理人が灯りをつけなかったため、リビングは寝室と同じような曖昧な明るさに包まれている。

理人は、何も言わずにグラスを傾けているだけだった。ガラスのダイニングテーブルに右肘を軽くつき、包帯から覗く指先で口唇を弄《いじ》るように頬杖をついている。隠遁《いんとん》生活に唯一そぐわない油断のない眼差《まなざ》しは、窓越しの僅かな光を反射しているせいか、濡《ぬ》れたように見えた。

煌めく夜景を眺めながら静かに飲んでいるところに話しかけるのも憚られ、出帆は所在なげにグラスを揺らした。場をもたせるためにテレビをつけたかったが、理人が嫌がりそうな気がしてできなかった。

ぎこちない出帆とは裏腹に、理人はまったく普通だ。やる気のない表情で、泰然と窓の向こうを見つめている。端整な横顔は憂《うれ》いを帯びているようにも見え、目が離せなくなった。

落ち着きかけていた鼓動が再び強くなり、出帆は睫《まつげ》毛を伏せてグラスに口をつける。

――不思議な雰囲気だと思った。

こうして向かい合っていても、視線がかち合うことはあまりない。心臓が口から飛び出してしまうのではないかと思えるほど鼓動は速いリズムを刻んでいるのに、二人でいることで安堵感にも似た空気も感じている。会話もない空間はとても穏やかなのに、胸の奥はなぜかざわざわと騒めいていて――気がつけば、理人の仕種を目で追っている。

液体と氷を馴染ませるためにときおりグラスを回す左手、口唇に触れる長い指先。瞬きするときの睫毛の陰影、アルコールを飲むたびに上下する喉の突起。

さっきまで横になっていたせいで、パジャマの襟元《えりもと》が少し縒《よ》れていた。そこから鎖骨が覗いていることに気づいた瞬間、鼓動がどくんとひときわ強くなる。

「――……」

出帆が無意識のうちに息を飲んだのと、理人がゆっくりと振り返ったのは同時だった。ずっと見られていたことに気づいていたらしい理人が目で何かと問いかけてくるのに、出帆は黙って首を振る。

形のいい口許が、ほんの少し挑発的に笑った気がして……

「な、何かないの」

取り繕うように言った出帆に、理人は眉を寄せた。

「何かって？」

「何か……、時間つぶせるようなもの。男二人で黙って向かい合って飲んでるのって、なんか変だよ。こんな夜中にダーツはちょっとあれだから、もっと静かな何か……」

出帆の台詞に、理人が目を瞠る。微妙にぎこちない空気が漂っているのはシュールなシチュエーションのせいで、理人の動きを目で追って緊張している自分のせいでは決してないのだという内心の呟きがばれた気がして、出帆はうろうろと視線を彷徨《さまよ》わせた。

理人は特に追及せず、少し首を傾げたあと、口を開く。

「チェスは？」

「ごめん、チェスはルール知らないんだ。オセロなら」

出帆がそう言うと、理人はすぐに立ち上がった。ダーツボード横のキャビネットから、オセロを出してくる。どうやらあの一帯はゲーム類がしまってあるらしい。

理人がようやく灯りをつけ、リビングが煌々《こうこう》と明るくなった。たったそれだけで健全な雰囲気になった気がして、出帆はほっと息をつく。

テーブルの中央に箱から出した盤を置き、理人は笑みを含んだ目でちらりと出帆を見た。

「何賭ける？」

「ま、また？　普通に遊べばいいじゃん」

「賭けなきゃ面白くないだろうが」

笑顔で、けれど正面から見つめられて、出帆は無意識のうちに背筋を緊張させる。

また、変なことを言い出されるのだろうか。なし崩しに同居になっている今の生活が不自然なことくらい、とっくの昔に気づいている。今度こそセックスしろとか、そこまで行かなくてもキスとか、そんなことを賭けの対象に持ち出されるのだろうか。

賭けに負けてキスを要求されたら……今の自分は、前のようにきっぱり拒めるだろうか。

――しかし、理人が出した条件は全然違うものだった。

「シューズインクローゼットのダウンライトが、一つ切れてる。負けた方がそれを取り替える、どうだ」

「う……うん」

「じゃあそれで決まり」

あっさりと言った理人に胸を撫《な》で下ろし、それから出帆は目を瞬かせる。

変な条件を出されたらどうしようと危機感を抱いていたはずなのに、いざそうではなかったとわかると、なんだか物足りない気分だった。安堵はしたものの、拍子抜けだったのも事実で、出帆は口唇を嚙み締める。

——やっぱり、最近の自分はすごく変だ。

セクシャルな含みなどまったくない条件に肩透かしを食らったような気分になった自分を叱咤《しった》し、電球の取り替えならいいじゃないかと内心で呟いて、出帆は石を一枚手に取った。

「どっちが先攻？」

首を傾げた出帆に、理人は四枚の石を盤の中央に並べながら言う。

「俺。ささやかだけど、ハンデとして後攻を譲ってやるよ」

「ハンデ？　先攻の方が得じゃないの？」

「違う。先攻が置ける場所は四箇所で、その四箇所は理論上同じなので創意工夫できない。自分で仕掛けられる後攻の方が得」

「……そうなの？」

オセロの理論なんか考えたこともなかった。この調子だと十中八九理人が勝ちそうだと思いつつ、出帆は理人の最初の一手を見守る。

二人で交互にぽつぽつと石を打ちながら、緊張がほぐれた出帆は質問した。

「理人さん、オセロよくやるの？」

「よく……というほどでもないけど。たまに」

「ふぅん。友達と?」

「まぁ……友達、かもな」

意味深な笑みを向けられて、間抜けなことを聞いたのだと自覚する。いい年をした男同士、オセロで遊ぶなんて滅多にないだろう。たぶん、この部屋に女性を招いたとき、こうして会話しながら親密さを深めていくのだと想像できた。

いかにも、金持ちの道楽だ。

高級な部屋、高級なワイン、けれどチープなオセロ。これからベッドに入るタイミングを図るためだけに、束の間のゲームに興じて雰囲気を高めていくんだろう。真剣勝負なんかしていない。たぶん、理人が女の子を勝たせるのだ。

そう思い、出帆はふと目を伏せる。

今の自分たちは、どういう関係なのだろう。眠れない夜、二人でオセロなんかして——他愛ない会話を交わす時間にいつしかわくわくしているのは、どうしてなんだろう。

もしかしたら、このときめきも焦燥感も、この部屋に招かれた女の子が感じたものと同じなのだろうか。

「……」

もうとっくに見えかけている答えを正視するのが怖くて、出帆は緩慢《かんまん》にかぶりを振った。男同士なんて考えられないとあんなに思っていた自分が変わりつつあることが、とても怖かった。

そういえば、理人に友達っているのだろうかと思い、出帆は口を開く。

「理人さん、こんなに毎日時間があるなら、この部屋に友達……普通の男友達、呼んだりする?」

「あんまりないな。そもそも友達と呼べるような相手は少ないし」

「えっ⁉」

友達が少ないなんて、どういう……と呆れた出帆は、じきに思いなおした。理人のような特別な人間には、自分のような平凡な人間からは思いもよらないいろんなことがあるのは想像に容易《たやす》い。

芸能人が冗談交じりに「売れたら急に親戚が増えた」と言ったり、海外のセレブが遺産相続で揉《も》めるニュースが流れたり。金目当てに近づいてくる人間は、たぶんこちらが想像する以上に多いに違いない。大富豪が友達を作るのは、ひょっとすると難しいことなのかもしれないなと思う。

じゃあ……と、出帆は盤上を眺めながら言った。

「毎日ほとんど一人で過ごすのか……。寂しいかも」

「別に寂しくはないが、暇だな。だからお前と賭けをしたんだが」

「理人さんなら、いくらでも女の子呼べそうじゃん。キワモノに走る必要なんかないだろ」

「お前はキワモノなのか?」

「ち、違うけど! 違うけど……やっぱ、男同士って変だよ」

そう言ったとき、胸の奥がつきんと痛んだ気がしたが、出帆は無視した。パチッと勢いよく石を盤に並べると、内心の微妙な揺れなど微塵も見せずに嘯《うそぶ》く。

「遊びすぎて、もうちょっとやそっとのことじゃ刺激が足りないとか? それとも、もともと男でも女でもどっちでもＯＫとか？」

「さぁ、どうかな。……お前はどう思うんだ」

逆に聞かれて、出帆は軽く答えようとして——石を持った指を止めた。

顔は盤上に向けたまま目だけをそっと上げ、理人の表情を見つめる。

停止した頭の中に、ふと浮かぶ可能性。もしかして、無意識のうちに期待していたのだろうか。男同士でも気にならないほど、お前に興味があったから。そんな一言を引き出したくて、期待しながら質問したのだとしたら。

「……」

理人は意味深な笑みを口許に刻んだまま、黙って出帆の目を見つめ返した。多くを語らず、ただ微かな笑みを浮かべただけで本心を明かさないところは、同居生活が続いても変わらない。本音は自分で探れと言わんばかりの表情は、見るたびにため息をつきたくなったものだ。

でも、今は違う。

じっと観察して何を思っているのか自分で探りたいけれど、それよりも言葉で教えてほしい。まどろっこしいことをしたくないからじゃない。——ずっと見ていると、理人を観察しているつもりで自分が観察されているような危うい気分になってくるから。

胸の奥で揺れる、自分でも定かではない本当の気持ち。当の本人である自分よりも、その正体に先に気づかれてしまいそうで、怖い。

「俺が聞いてんのに、なんで理人さんが質問すんの」

茶化した口調で流し、ぱしっと石を置いて空気を変えたが、声は掠れていた。聡《さと》い理人だから、この声の掠れにも気づいているはず。気づいて、こちらを見て——そう、試すような目で。

薄いパジャマを通して、裸の自分を見られている気になった。そう思った瞬間、全身の肌がざわつく。決して不快でないその感触には、密《ひそ》やかな淫蕩《いんとう》さも混じっていて……

「……」

首を振り、深呼吸して、出帆はゲームに真剣に集中しようとする。

新しい石を取る自分の指先が震えているのには、気づかないことにして。

＊

次の日の午後五時過ぎ、出帆は欠伸《あくび》を噛み殺しながらマンションまでの帰路を辿っていた。

昨晩は結局、三ゲームもしてしまった。なかなか寝つけなかったためだが、その分今日は朝がつらかった。講義中も欠伸ばかりで、ノートを取るだけで精一杯。たぶんあとで読み返しても、半分くらい文字が判読できない気がする。

入学した当初はお気楽大学生の一人だったけれど、奨学金制度を使い始めた今は違う。九十分の授業に幾らかかるのかを考えると、おいそれとさぼることはできなくなった。それなのに今日のこの体《てい》たらくには、思わず自己嫌悪に陥ってしまいそうだ。

でも——マンションが近づくに従って、眠気はだんだん霧散していく。

理人は今頃何をしているのだろうかと思った途端、胸が変な感じで疼《うず》いた。恋愛中の甘いものとは違う、初めてあのパーティに行ったときの昂揚とも違う、なんだかざわざわと落ち着かない感じがする。

ふぅ、と息をついて、出帆は地下鉄のドアに寄りかかった。

やっぱり、変なのかもしれない。

パーティは終わり夜は明けたが、理人の部屋がそもそも出帆の現実感からは程遠い雰囲気なので、夢が続いているようだ。まだ奇妙な魔法にかかったままのような感覚なのかもしれない。

そんなことを考えながら地下鉄を降り、マンションの最上階の部屋に帰った出帆は、理人が珍しくスーツ姿なのに目を丸くした。

「どっか行くの？」

尋ねると、理人は事もなげに言う。

「行く。お前もだ。帰ってくるのを待っていた」

「お、俺も？」

買い物の予定でもあり、荷物持ちとして必要なのだろうか。それがいちばん妥当なところだが、如何《いかん》せん同居を始めてから理人が外出している姿を見たことがないので、違う気もする。

「どこに？」

聞いても理人は答えてくれない。ただ「服装は何でもいいから、準備しろ。あと荷物は邪魔になるから置いていけ。財布もいらん」とだけ言う。

言われるまでもなく、いかにもオーダーメイドのスーツを着た理人の恰好に釣り合う服装など出帆は持っていなかった。とりあえず持ってきた服の中でいちばんましなものを着て、荷物持ちなら財布も不要だと通学用のバッグに入れたまま、理人と一緒にマンションを出る。

通りでタクシーを拾った理人が告げた行き先は、デパートだった。ほどなくしてタクシーを降りると、理人はデパートではなくすぐ近くの専門店に入る。どうやらデパートは目印で言っただけらしい。

出帆でも名前を知る高級ブランドの店内で、出帆はみすぼらしい恰好の自分があちこちの鏡に映るのを恥じつつ理人についていった。

理人が向かったのは、二階だった。この店を外から見るだけで二階があることを知らなかったが、どうやら一階はバッグやアクセサリーなどの女性向けフロアで、二階はメンズフロアになっているようだ。

「いらっしゃいませ」

丁寧に頭を下げた、容姿も整った男性店員に思わず会釈した出帆は、理人に腕を引っ張られる。

「何やってるんだ、こっち」

「……うん……?」

「お前、ウエスト何センチだ」

「?」

首を傾げた出帆は、理人がハンガーポールにずらりと並んだ中から出したスーツを肩に当ててきたのに仰天した。てっきり理人自身の服を買いに来たのだと思っていたのだが、違うらしい。

「ちょっ……」

「これはちょっと地味か」

戸惑う出帆に構わず、理人は適当に三着ほど選ぶと出帆に渡す。

「試着して」

「待って――待って、理人さん。こんなの、俺――」

「店の中で騒ぐな」

びしっと制して、理人はやってきた店員に出帆を託した。決して販促に躍起にならず、大人しく控えつつこちらの様子を窺っていた店員は、出帆をフィッティングルームに案内する。

「理人さん――」

「早く」

あんまりな展開に呆然としていると、理人は出帆を押し込みながら低い声で言った。

「時間がかかっていると、途中でもカーテン開けるぞ」

「そんな」

どういうことなのか説明してほしい気持ちでいっぱいだったが、この高級店で間抜けなパンツ姿を晒《さら》す方が問題なので、出帆は一生懸命着替えた。ジーンズを脱ぎ捨て、スラックスに脚を通すとき、ちらりと目に入ったプライスタグに泣きたくなる。

こんなスーツ、分割だって二年くらいかかる。

ウェストサイズをはっきり言わなかったので、スラックスはぶかぶかだった。ジーンズからベルトを引き抜いてつける間もなかったので、無理やり手で押さえながらカーテンを開けると、理人が腕組みして呟く。

「雰囲気はいいな。あとはサイズか。……出してやって」

「かしこまりました。お客様、ウェストサイズは何センチでしょうか」

同じ質問をされ、出帆は蚊《か》の鳴くような声で答えた。彼の言うとおり、こんな高級店で嫌だの何だの揉めて、場違いな服で来たこと以上の恥はかきたくなかった。

でも――この服を自分で買うのも、買ってもらうのも嫌だ。

「こちらでちょうどいいみたいですね」

店員が出してきたサイズのスラックスは、さすがにぴったりだった。裾上《すそあ》げをしている彼の横で、理人がタイを選びながら言う。

「中のシャツも見繕《みつくろ》ってやって。あと、ベルトとソックス、靴も」

「かしこまりました」

「理人さん、……」

「タイは俺が選ぶからいい」

まったく耳を貸さない理人と、財布を握っているのは理人だと判断した店員の手で、一式すぐに揃えられた。理人が出帆用に選んだタイはネクタイではなく、リボンタイだった。

ガラスのディスプレイケースにそれらを積んだあと、理人は出帆に「脱いできて」と指示する。

元の恰好に着替えていると、フィッティングルームのカーテン越しに声が聞こえた。

「今から少し出かけてくる。一時間弱で戻るから、それまでに裾上げを終わらせてほしい」

「申し訳ございません。裾上げは二週間ほどいただいております」

「綺麗に仕上がっていなくていい。緊急で必要なんだ、見た目がそれほど変じゃない程度に留まっていればそれでいいから上げてくれ。あと、全部のタグを外しておいて」

「……かしこまりました」

「戻ってきたらここで着替えて、そのまま出かける」

理人の言葉に、出帆は途方に暮れた気分になった。どこに連れて行かれるのだろう。正装しなければいけないようなところ――経験値の浅い庶民の大学生の頭には、せいぜいオペラか観劇しか浮かばない。そしてそのどちらも、出帆は詳しくないしマナーも知らない。

出帆にはとても安心する、しかし店の中では浮きまくる普段着に着替えた途端、理人は出帆を連れて再びタクシーに乗った。今度も近距離で、ヘアサロンだった。会社帰りのＯＬらしき女性で込み合っている。

飛び入りでなんか絶対に受けてくれなさそうな店の雰囲気と込み具合だったが、理人の顔を見た瞬間、店員が笑顔でやってきた。

「いらっしゃいませ」

「この子、カットとセットで」

「はい。カラーはどうされますか？」

「時間があまりないんだ、いらない」

「わかりました。イメージは……」

「いかにも若い感じじゃなく、シックな色のスーツに似合うようにしてくれ」

理人の言葉に、店員は任せてくださいと頷いた。そのまま出帆を連れて、店の奥に進む。

表から見たときは気づかなかったが、奥にも結構広々としたサロンが広がっていた。でも、手前のフロアとは明らかに雰囲気が違う。手前のフロアは、白を基調にした確かにお洒落なサロンだったが、こちらはモノトーンでまとめられた落ち着いた内装だった。カット台やシャンプー台は一つずつパーテーションで仕切られ、ゆったりと配されている。

選ばれた人専用のエリアなのだとわかり、出帆はシャンプー台に誘導しようとする店員に向かって蒼白な顔で言った。

「あ、あの。俺、普通でいいです」

「?」

「あ、あんま目立つ感じじゃなくて、あとこんな……こんなとこじゃなくて表の部屋で」

というかそもそも表でもかなりの料金だろう美容院など一刻も早く出て行きたいのだが、店員は腹筋を使って身を起こそうとする出帆をやんわりと制すると、柔らかな手触りの小さな毛布を掛けた。

「そんなに緊張なさらないでください。リラックスしてくださいね」

無理だ。と思ったが、顔にガーゼを被《かぶ》せられ、出帆はぎゅっと目を瞑るしかなかった。店員は絶妙な力の入れ具合で、丁寧に髪を洗ってくれる。そんなに繊細にしなければならない髪の持ち主であるはずもなく、出帆はがちがちに固まっているしかなかった。

シャンプーが終わってカット台に誘導され、うろうろと視線を彷徨わせると、部屋の隅のソファで理人が鷹揚《おうよう》に腰掛け、包帯を巻いた右手で雑誌を捲《めく》っているのが見えた。隣にスタッフらしき女性が座り、怪我をしていない左手をマッサージしている。どうやら、出帆のカットが終わるまでこうやって時間を潰すつもりらしい。

理由もきちんと話さず、どこに行くのかも言わず、勝手なことばかりしている理人に猛烈に腹が立った。しかし、抗議しようとした瞬間を見計らったかのように、今まではいなかった若い男が入ってくる。

理人は予約をしていなかったようだから、彼は表のサロンにいたのだろう。シャンプーしている間に誰かと交代して、この特別ルームにやってきたようだった。

「こんにちは」

明るめの髪と痩《や》せすぎとも言えるスタイルの男は、ハンサムな顔に人好きのする笑みを浮かべた。声の柔らかさとは裏腹に、出帆の頭を強引に鏡に向けさせる。

「あ……の、俺別に」

「神代《かみしろ》といいます。よろしく」

「……よろしくお願いします」

鏡越しに挨拶《あいさつ》されたのでとりあえず返すと、黙って雑誌を捲っていた理人が噴き出したのが鏡に映った。むっとして、出帆はさっと振り返る。

「なんだよこれ！」

「綺麗にしてもらえ」

「綺麗に……って、ちょっと――」

ようやく理人に抗議できると思ったのだが、神代がドライヤーを使い出したので声が聞こえなくなってしまった。もうやけっぱちな気分で、出帆は神代の為《な》すがままに髪を切られた。

表からは見えないこの部屋に入れる客のカットを担当するだけあって、神代の腕は確かだった。鋏《はさみ》の音に躊躇いがなくリズミカルで、手際がいい。ケープに落ちる髪の量は結構なものなのに、さほど切られている感じがないのが不思議だった。

十五分ほどすると、鏡の中の出帆は明らかに変わった。前の髪型とそんなに変化したわけではないのに、襟足や前髪などに少しアイロンを当てて遊ばせただけで、劇的に垢抜けたのだ。

これがプロの技《わざ》か……と呆然としている出帆に、神代はスプレー缶を振りながら絶やさぬ笑顔で言う。

「普段は……えっと、大学生？」

「そうです」

「じゃあ、特にデートとかなくて適当でいいときは、ドライヤー当てるとき前髪をこう……こんな感じで引っ張りながら熱を当てればいいから。襟足は、こう……ね。それだけで様になるよ」

「……はぁ」

「今日みたいにセットするときは、ヘアアイロンでさっきやったみたいに……」

神代はまだ説明していたが、出帆は適当に聞き流した。セットする機会が今後訪れるとは思えない。それに、ヘアアイロンとやらはアパートにない。

襟足と前髪の毛先をワックスをつけた指で捩り、神代はさっとケープを外した。大きな鏡を開いて後ろ姿を見せられ、出来栄えに感心していると、ふと頬に影が落ちる。

はっと顔を上げると、理人が立っていた。

「……いいんじゃないか」

「ありがとうございます」

出帆ではなく理人に礼を言って、神代は笑顔で出帆のシートを回転させて立たせた。売れっ子美容師らしく簡単な挨拶と「またいらしてください」という言葉を理人に告げると、部屋を出て行ってしまう。

「行くか」

理人に手を取られたが、出帆はもうどこに行くのか聞く気力もなかった。カット中に支払いを済ませていたらしい理人にタクシーに乗せられ、先ほどの専門店で新しいスーツに着替える。

すべて終えてフィッティングルームを出た出帆は、鏡に映った自分の姿に口唇を震わせた。

「――……」

馬子にも衣装とは、よく言ったものだ。つい一時間ほど前まではどこからどう見ても普通の大学生だった出帆は、今はどこのモデルかと思うほど変わっていた。文字通り、髪から爪先《つまさき》までプロの手で仕立てられれば、人はこんなにも変わるのだと初めて知った。

もともと明るめの髪は、毛先が自由な動きを出している。洗ったあと適当に流しながら乾かし、そのあと出先を考えてセットしました、という自然な仕上がりになっている。カットされた直後は、理人の台詞に反して「いかにも若い男」という感じの髪型だと思ったが、今見てみるとそうではない。

神代は、理人のオーダーをきちんと理解していた。

若い出帆が高級スーツを着た場合、髪を落ち着かせすぎると顔立ちの若さが浮いてしまう。かといって、これ以上毛先のカールを強くすると若々しさが強調されすぎてしまい、どこのタレントかホストかという印象になってしまう。サロンで髪だけを見たときは派手だと思ったが、これが高級スーツに負けない・勝ちすぎない絶妙なラインだったのだろう。

身に纏った質のいいスーツはラインが美しく、本当は着慣れないのだとわからないほど見栄えがよかった。シャープなデザインのシャツは肌触りもなめらかで、真っ白ではなくほんのりとグレーがかった上品な色合いだ。ぴかぴかの革靴と本革のベルトは、一見しただけで高級品とわかる。

枡居を初めとする友人が今の自分を見ても、佐野出帆だとはすぐにわからないかもしれない。

松濤《しょうとう》辺りの裕福な家で暮らすちょっとお気楽な次男坊、歳相応にお洒落にこだわって今風の髪型にしているけれど、スーツや小物は伝統的なラインを愛する——さしずめこんな設定だろうか。

理人が選んだリボンタイに震える指先で触れ、出帆は鏡に映る別人のような自分を凝視する。

「手、出して」

理人に言われても、出帆は呆然としたままだった。理人は重ねて言わず、自ら出帆の右手を取った。

触れられた瞬間胸がずきんと疼いて、出帆ははっと我に返ったが、理人は意に介したふうもなく出帆のシャツの袖口を寛《くつろ》げた。シンプルなカフスボタンをつけ、反対側の手を差し出すよう促す。

生まれて初めてのカフスボタンが留まると、すべてが完成した。お似合いですよと誉めた店員は、出帆が着ていた量販品のシャツやジーンズを、馬鹿にしたふうでもなく丁寧に畳んで紙袋に入れてくれた。理人はそれを自宅に送ってくれと頼み、出帆の手を引いて店を出る。

またしてもタクシーに乗った理人に、出帆は硬い声で詰問した。

「どこ行くんだよ」

「……」

問いかけに、答えはなかった。ただ、理人は完全に無視することはなく、着ていたジャケットの内ポケットから赤いキラキラ光るものを取り出した。

「……？」

手渡され、出帆は訝しげな目でそれを開く。

赤いそれは、顔の上半分を隠すマスクだ。目の部分だけに穴が開き、耳に掛けるようになっている。

「……何これ」

呟くと、理人は事もなげに言った。

「見てわからないのか。マスクだ」

「そりゃわかるけど。俺が聞いてるのは――」

「今から行くところでは、それをつけるんだ」

その台詞に目を瞠ると、理人はシートから心持ち背中を浮かせ、出帆に向き直って言った。

「ただのマスカレードだ。聞いたことくらいはあるだろう?」

「マ……」

今度こそ、出帆は驚愕《きょうがく》に目を見開いた。どこに行くのかようやくわかったが、予想だにしていない単語が飛び出してきて、絶句する。

マスカレードとはいわゆる仮面舞踏会で、男女が仮面をつけて参加するパーティだということは知っている。問題は、マスカレードが何かではなく、何故《なにゆえ》自分がこれからそこに行くのかということだ。

激しく首を振り、出帆は横に座る理人の腕にマスクを押しつけた。

「嫌だよ。一人で行けよ。なんで俺が」

「金も持たずに、ここから一人でどうやって帰るつもりだ」

「……」

理人の台詞に、出帆は黙り込んだ。彼のいうことがもっともだったこともあるが、それ以上に、その淡々とした口調が冷ややかに感じられたからだった。

質のいいスラックスの上でぎゅっとマスクを握り締め、出帆は自分の爪先を凝視する。

これまでの自分だったら、突っ撥《ば》ねただろう。行きたくないとはっきり言い、持ち合わせがなくてもタクシーを降りたに違いない。

でも、もうできないのだ。

嫌われたらと思うだけで、怖い。

同性に、しかもあんなきっかけで出会った男に、本気で恋をしているとは思いたくない。一人の人間として、理人に好感を抱いているだけ。いろんなことを知り、いろんなことができる彼と、これからも接点を持っていたいだけ——…。

「……」

無理やり自分に言い聞かせている出帆の手からマスクを取り、理人はくしゃくしゃになったそれを伸ばしながら言った。

「ルールがある。そのマスクをつけているということは、イコール、そいつが誰なのかがわからないということだ」

「そんなの……目だけしか隠れてないじゃん。よく知ってる相手なら、目だけ隠れてても——」

「実際にわかるかどうかじゃない。ルールと言っただろ。たとえ僅かでも顔を隠していたら、素性はわからないのだと思え」

意味がよくわからずに、出帆は縋《すが》るような目で理人を見た。裏方としてなら幾度となくパーティに出たが、参加者としては初めてだ。いきなり難しいルールつきのパーティに連れていかれても、どうしたらいいのかわからない。

出帆の表情に、理人が僅かに目を瞠った。それから小さく噴き出した。

「そういう顔、初めて見たな」

頼りない表情をしているのだということは、すぐにわかった。同居することになってから、ずっと強気だった自分を今の一言で思い出し、出帆は口唇を引き結ぶ。ぷいっと車窓に視線を投げ、口を噤んだ。

それきり会話はなく、やがてタクシーは高層マンションが立ち並ぶエリアに入り込んだ。

今夜の会場は、最上階のペントハウスだった。参加者の中の誰かの住居らしい。

理人はエレベーターの中で仮面をつけ、出帆にもつけるよう促した。全員がマスク着用ならつけていない方が却って目立つだろうと思い、嫌々ながら装着した出帆は、緑色のマスクをつけた理人の顔をぼんやりと見つめる。

眉や目尻《めじり》、頬骨は隠れているが、目と鼻の一部、それに口は出ている。遠目でも、理人とすぐわかる状態だ。こんな状態で「誰かわからない」も何もない。

エレベーターを降りると、理人のマンション同様一つだけアルコーブがあり、理人がインターフォンで何か言った。暗号めいた単語のやり取りに、既に馬鹿らしくなっていた出帆は大きなため息をつく。

中に通されると、理人のマンションに勝るとも劣らない豪奢な内装だった。

「ようこそ。招待状をお出しください」

ようこそなんて初めて聞いたよと独りごちている出帆の横で、理人がスーツの内ポケットから洋型封筒を取り出して手渡す。玄関のコンソールテーブルには二人の受付がいたが、アルバイトではなくホストの友人らしかった。二人ともドレスを纏い、仮面をつけている姿が様になっているからだ。

ここまで来ると、ごく普通の庶民である出帆の目には選ばれし者が参加する高級パーティではなく、笑いを狙った仮装大会に見えてくる。

バタフライをあしらった華美なマスクに引き気味になっている出帆に構わず、理人はさっさと奥に進んだ。慌ててあとをついていくと、中はとても華やかなムードだった。

「――……」

眩い光に圧倒されて、出帆はしばし言葉を失った。大理石造りの玄関は理人邸に似ていたが、フロアは全然違う。シンプルなあの部屋とは正反対に、こちらはゴージャスな雰囲気で、アンティーク調の家具にシャンデリアというインテリアだった。

しかし、何より場を華やかにしているのは、参加者たちの服装だ。

男性はスーツで、女性は一様にドレス姿だった。丈が短かったりトレーンを引いていたりとまちまちだが、どれもビーズやスパンコール、光沢のある生地で飾られている。オレンジ系のライトに照らされ、そのドレスやアクセサリーが動くたびにきらきらと光っていた。

これまで出帆が行ったことのあるパーティは、どれもここまでではなかった。従姉《いとこ》の結婚式を連想したが、当然のことながらグレードはこちらの方が遙《はる》かに上だ。

中央のテーブルに歩み寄り、理人はシルバーのトレーに幾つも伏せてあるシャンパングラスを二つ取ると、手近なボトルから注ぐ。

「今日は、バーテンはいない。自分で好きに飲んで構わない」

耳許で囁かれ、低音に尾骶骨《びていこつ》の辺りがぞくっとした。男の声で腰砕けになっている場合じゃないと自分に突っ込み、出帆はわけがわからないまま、理人が差し出したグラスを受け取る。

しかし——理人がエスコートしてくれたのは、ここまでだった。

「じゃあ、愉しい夜を」

こともあろうか、理人はそんな一言を残し、あっという間に人波の中に消えてしまったのだ。

「えっ、ちょっ……」

慌てて手を伸ばしたが、理人は呆気《あっけ》なく見えなくなってしまい、代わりに通りかかった女性の腕に当たってしまった。

「す、すみません」

「いいえ」

すぐに謝った出帆は、こちらを向いた女性が応えてくれたのに驚いた。これまで、この手のパーティで理人以外と会話が成立したことなどなかったのに。

そう思った瞬間、出帆はあっと気づく。

正装し、マスクをつけて――今の自分は裏方のバーテンダーではない。参加者として認められているのだ。

興味深そうな目で女性に見つめられ、どぎまぎと視線を逸らしかけた出帆は、彼女の口許のほくろに気づいて息を飲んだ。名前は知らないが、顔はよく知っている。何度もパーティで見かけた女性だった。

もしや自分もばれたのでは……と思ったが、彼女はすぐに笑顔で会釈するとその場を離れていく。胸を撫で下ろし、それから出帆は今の一幕の真相をやっと理解した。『石ころ』だった頃の自分に、彼女は一度も注意を払わなかったから、あんなに何度も顔を合わせていたにもかかわらず、憶えていないのだ。立ち止まってしばらく見ていたのは、出帆に見覚えがあったからではなく、たぶん……

「……」

同じような視線に気づき、振り返ってこちらを見つめる別の女性の存在に気づいた出帆は、思わず身震いした。

値踏みされている。

恰好だけ取り繕っても、本当はこの場に相応しくない人間なのではないか。そんなふうに見られているのではない。今夜の相手として適当かどうか、それを見られているのだ。

これまで経験したパーティも乱れたものだったが、今夜のマスカレードはその比でない、まさに一夜限りのアバンチュールの相手を探すためにあるのだと知った。

一年近く出張バイトをしていたにもかかわらず、今夜のような場には一度も行ったことがなかった理由もわかった。受付も身内、バーテンダーも呼ばない、招待状もある。ほかのパーティとは明らかに一線を画している今夜のマスカレードは、絶対に外に漏らしてはならない秘密の集まり。

視線に居たたまれなくなって、出帆は自分を見つめている彼女が一歩踏み出したのをきっかけに、素早くその場を離れた。グラスの中身を零さないよううろうろして、理人の姿を捜す。

しかし、七十平米ほどのフロアが狭く感じられるほど人が多い今夜、理人の姿はなかなか見つけられなかった。女性のドレスと違い、男性のスーツはどれも突出した特徴があるわけではないから当たり前だ。

出帆にとって唯一救いだったのは、『仮面舞踏会』にもかかわらず『舞踏会』ではないことだった。ダンスしないで済むことにほっとしたが、それ以外はすべてが最悪だ。

腕を組んだカップルが近づいてきたのに、理人を捜して彷徨っていた出帆は道を空けた。しかし、横を通り過ぎる男女の顔を見てぎょっとする。

男女とも、出帆が知っている顔だった。ただ、女性はフリーらしいものの、男性は既婚者だ。パーティに来るときは大半が同じ女性連れで、二人の左手の薬指に同じリングが嵌まっているのを知っている。グラスを取るときに手がよく見えるためだ。

ちゃちな仮面で、本当に相手が誰だかわからなくなることなんて、ありえない。そもそも、セックスするのにマスクをつけたままなんてコメディがあるわけがない。あの二人は、双方とも面識があるはずだ。いざベッドに入ってマスクを取ったら知人だった……となる前に、絶対にわかっているに違いないのに。

――そこで、出帆はようやくタクシーの中で理人が言った台詞の真意がわかった。

『実際にわかるかどうかじゃない。たとえ僅かでも顔を隠していたら、素性はわからないのだと思え』――。

今夜はみんな初対面。相手の境遇や過去は何も知らない。

気に入った相手を口説き、その気になればカップル成立というのはこれまでのパーティも同じようなものだったが、このマスカレードは次元が違う。ここには道徳も倫理も何もない。何もないことが合法なのだ。結婚相手だろうが、友人の恋人だろうが、関係ない。

ありえない……と口の中で呟いて、出帆は動揺を少しでも落ち着けようとグラスに口をつけた。ところが、あまりのことに呆然としすぎていたせいで、噎せてしまう。

「大丈夫？」

声をかけられ、出帆はびくっと全身を緊張させた。話しかけてきたのはピンク色のドレスの女性で、比較的若い。飾りとしか思えない小さなパーティバッグから、レースのハンカチを出して差し出してくれる。

ハンカチが既に脱いでしまったジーンズのポケットに入ったままだったことを思い出した出帆は、借りようか借りまいか迷い、彼女の目を見て一瞬で借りる気を失くした。

ドレスもバッグもハンカチもすべて品が良いのに、彼女の目は獲物を狩るハンターそのものだった。

「……いいえ。ありがとうございます」

断って、出帆は後退《あとずさ》った。彼女は追ってこない。ハンカチを差し出したのがアプローチで、借りなかったのがお断りのメッセージだと判断したようだ。

どきどきと煩《うるさ》いほどの鼓動を持て余しながら、出帆は強く口許を拭うと、半泣きでフロアを彷徨った。適当なテーブルにひと口だけ飲んだ華奢《きゃしゃ》なフルートグラスを置き去りにし、濡れた手を洗おうと洗面所を探す。

勝手にフロアを出ていいのか一瞬迷ったが、マンションの一室である以上トイレを借りる人が出入りしているに違いないと思い、出帆は人気のない廊下を歩いた。広い部屋らしく廊下は玄関からリビングまでを結ぶ一直線ではなく、ちょっとした回廊のようになっている。

二箇所《かしょ》のドアに、トイレであることを示す洒落た札が下がっていた。理人のマンション同様、トイレが二つあるらしい。やはり予想通りだったと安堵して、出帆はその隣が洗面所ではないかとあたりをつけ、そろそろとドアを開ける。

その瞬間、中から鋭い声が上がって、びっくりした出帆は反動で大きくドアを開けてしまった。

「……失礼」

つい今し方まで熱烈なキスを交わしていた男女がそそくさと出て行き、出帆は開いた口が塞《ふさ》がらなかった。カップル成立したならどこかに行けばいいのに、その時間さえも我慢できないのか。なぜ人の家で、こんな下品で大胆なことができるのか。

ここに集う参加者は、みな社会的地位か莫大な資産がある人だと見当はついているが、何か根本的なものが間違っているとしか思えない。

誰も入ってこないことを前提にキスしていた二人を思い浮かべ、本当は洗面所は立ち入り禁止なのだろうと申し訳なくなりながら、出帆は手早く手を洗った。拭くものがないので、心の中で謝って、吊るされているタオルを借りる。

顔を上げた拍子に鏡に自分の顔が映り、仮面をつけた間抜けな姿を見ているうちに怒りが湧いてきた。

理人はどうして、こんなところに連れてきたのだろう。別々に行動しているということは、お互い適当な相手を見繕おうということか。興味もないし、冗談じゃない。

同居して、会話も増えて、だんだん距離が近づいた気がしていたのに、それは自分だけかと思うと虚《むな》しくなる。

慣れない場所で、ハンカチ一枚ないだけでこんなに苦労して。こんなところ、一刻も早く出て行きたい。でも財布もなければ、タクシーで来たためにこのマンションの最寄《もよ》り駅もわからない。

とにかく理人を見つけようと、出帆は口唇を引き結んだ。一緒に帰るか、電車賃だけ借りるかしたい。

そろそろと洗面所を出て、マンションの中にあるとは思えない回廊のような廊下を進み、出帆はフロアに戻った。少し人数が減っているのにほっとしたが、それだけの人が快楽を求めに外に出たのだと思うと気が滅入《めい》る。

飲み物を口にする気もなく、誰にも声をかけられないようひっそりするには壁際に行くしかなくて、それは惨めなものだった。セレブでも何でもない、しかも男である自分の正体を思えば、壁の花ならぬ草だ。

つまらない気分で目を凝《こ》らしていた出帆は、ようやく理人の姿を見つけた。長身なのに今まであまり目立たなかったのは、自分たちを遮る人があまりにも多かったせいだ。

早速理人の方に行きかけた出帆は、彼が話している女性に気づいて足を止める。

鮮やかなワインレッドのドレスに身を包んだ女性も、マスクをつけていた。髪を栗色に染めているから、ベルベットの黒いマスクが目立っている。にこやかに談笑している様子を眺め、連れを放置して結構なことじゃないかと理人を恨んで――出帆はふと目を瞬かせる。

「――……」

理人の腕が女性の細い腰に回ったのを見て、頭から水を浴びせられた気になった。

女性も満更ではなさそうで、しなだれかかるような素振りを見せる。今にも口唇がくっつきそうな至近距離で会話している二人は、既に出来上がっているようだ。

声をかけるのも憚られ、壁際で息を飲んでいる出帆の目の前で、理人は女性に顔を寄せて何かを囁いた。それを見た瞬間、胸にずきんと衝撃が走る。

理人が何を囁いたのかはわからないが、女性は笑顔のままその場を離れた。しかし、ほっと安堵する間もなく今度は近くにいた別の女性が彼に近寄り、同じように話し始める。

アプローチを仕掛けたのは女性の方だったが、積極的なのは理人だった。先ほどと同じく腰を抱き寄せ、不必要なほど顔を近づけて喋る。理人が何か囁くと女性が笑い、今度は彼女が理人の耳許に口を寄せるといった様子で、元からの知り合いかどうかはわからないが親密なものを感じさせた。

理人が何か言い、女性が驚いた仕種を見せる。すぐに噴き出した彼女の口唇に理人が顔を近づけた瞬間、出帆は考えるよりも先に目を伏せていた。

胸に荒れ狂っていた怒りは今はなく、じくじくした痛みが苛《さいな》む。口唇を嚙み締め、居たたまれないほどの惨めさを味わい――そこで初めて、出帆はこの空間に足を踏み入れてから感じていた不快感の本当の理由に思い当たった。

穢《けが》らわしく即物的な参加者も、社会への理不尽さも、すべては上っ面の嫌悪に過ぎなかった。一緒に暮らし、会話が増えて近づいたと思っていた相手に独りぼっちにされたのが、本当は許せなかったのだ。

出帆が部屋に帰ったとき、理人がいなかったことは一度もない。常に同じ空間で過ごした一週間。勉強があると言えば干渉はされなかったが、出帆がダイニングテーブルでテキストを開いている間、理人はリビングのカウチで静かに本を読んでいた。暇そうにしていると飲もうと誘われ、バーカウンターで向かい合い、出帆が作ったアルコールを理人が飲んだ。

世間から切り離された、豪奢な一室。忙《せわ》しない外界とは裏腹に時間の概念がないようなそこで、出帆は一度だって退屈しなかった。

ワイングラス片手に毎晩のようにダーツに興じ、理人が購入した新作のＤＶＤを二人で鑑賞し、二人で食事を作って……。

初めて理人の存在を認識してから、彼がいつも醒めた顔をしていたことを思い出す。地位も金も恵まれた容姿も手に入れている彼は、膨大な時間を持て余しているのだ。それなのに何故、彼の空間で暮らした自分が退屈を感じる暇もなかったのか。それはひとえに、理人が同居相手に心を砕き、時間を割いたから。

一緒のベッドに入っても性的なことは何もなく、自分たちの間に遊び半分の淫らな関係は存在しないと思っていた。でも、恋愛事情が介在しなかったのは肉体的なことだけだ。心の奥には間違いなく、恋と言うべき感情が芽生えていた。

金を持っているから、見た目がいいから。そういうことに惹かれたのではなく、意外な一面を知るたびに興味が湧いた。いつもつまらなそうな彼がたまにふと表情を変える瞬間、目が離せなくなって――。

少しずつ傾いていく自分の気持ちを否定しながら、彼も同じだろうと勝手に思い込んでいたことに、今ようやく気づく。

「……」

顔を上げた出帆は、いつの間にか理人がこちらを見ていたのに目を瞠った。視線を合わせ、邪魔なマスクから覗く眸を見つめて——その目が挑発的な笑みを含んでいるのに気づき、頬が一気に熱くなった。

理人は、知っていたのだ。出帆の心の変化を知っていて、わざとこんな場所に連れてきて、出帆に見える場所で挑発したのだ。

男同士はありえないと、あんなに強情を張らなければよかった。もっと素直になっていれば、こんな惨めな思いをさせられることはなかった。突きつけられた自分の本音と、それを認められなかった往生際の悪さに、言いようのない羞恥が込み上げてくる。

固まっている出帆に口許だけで笑ったあと、理人はさらなる暴挙に出た。話しかけてきた別の女性と二言三言交わしたかと思うと、彼女を連れて人込みに紛《まぎ》れようとする。

弾《はじ》かれたようにその場から駆け出し、出帆は理人のスーツの袖を摑んだ。傍らの女性がびっくりして目を瞠ったのに、理人はやけに怜悧《れいり》な眼差しで出帆を見下ろすだけだった。

「……もう、帰ろうよ」

小さく呟き、出帆は摑んだ袖を引く。

たぶん、今の自分は行きのタクシーの中よりも情けない顔をしているのだろう。でも、もう取り繕う余裕はなかった。理人の一連の行動は自分を煽《あお》るためだとわかっていても、もしこのまま女性と連れ立ってどこかに行ってしまったらと思うだけで、頭がどうにかなりそうだ。

「帰ろう」

台詞こそ誘うようなものだが、完全に哀願だった。マスク越しに揺れる眼差しで理人を見上げ、出帆は傍らの女性が興味津々で見守っているのを感じる余裕もなく、再度理人の袖を引っ張る。緑色のマスクの下、理人の口許がふっと綻《ほころ》び、出帆は先ほどの女性たちと同じように腰を抱き寄せられた。そのままフロアを出て玄関に向かう理人に、希望は受け入れられたのだと知る。

それでも、出帆はタクシーに乗るまで、摑んだスーツを離せなかった。


理人のマンションに帰って玄関のドアが閉まった瞬間、密室となった室内には不思議な空気が立ち込めた。まったりと濃く、それでいて鋭利な焦燥《しょうそう》も潜んでいて、いるだけで背筋が緊張した。

ここに至るまでの一連の惨めな記憶に俯《うつむ》いていた出帆《いずほ》は、不意に理人《まさと》に腕を摑《つか》まれて顔を上げる。

「まさ……」

言葉が途切れたのは、口唇が近づいてきたからだ。反射的にぎゅっと目を閉じ、身体を強張《こわば》らせる。

しかし、しばらく待っても口づけは訪れなかった。

「……？」

恐る恐る瞼《まぶた》を開けると、至近距離に理人の端整な顔があった。奥二重《ぶたえ》の黒い眸《ひとみ》に見据えられ、触れられることのなかった口唇が戦慄《わなな》く。

吐息が触れそうな距離で、しかしある一点から決して動こうとはしない口唇が、ふっと笑みを刻んだ。勝ち誇ったようなその笑みを見た瞬間、腰骨の辺りでずきんと何かが疼《うず》く。

不意に、初日に理人に言われた台詞《せりふ》が耳許《みみもと》を過《よぎ》った。

――無理強《じ》いするのは、好きじゃないんだ。

「――…」

ひく、と喉《のど》を震わせて、出帆は近づいてこない口唇を凝視した。意地の悪い笑みを浮かべたまま動かない口唇に、急に身体の力が抜ける。

嫌がっている相手に強引に仕掛けないのは、絶対に落とす自信があるから。ただそれだけだった。

無理強いなんかしなくても相手から乞《こ》うようになる――それがわかっているから、泳がせただけ。

ここでキスしてこないのが、何よりの証拠だった。男同士なんて冗談じゃないと、出帆があれだけ啖呵《たんか》を切ったから、最後まで自分からは仕掛けないのだ。絶対に嫌だと言った口唇で好きだと囁《ささや》くまで、赦さない。そっちから手を出したんだからと言い訳させないために、本人が認めるまでじっと待っている。

目を伏せて、出帆は口唇を嚙《か》み締めた。

負けたのだ、と悟った。

手練れた男の術中に陥ってしまった自分を、鼓舞する気力も湧かなかった。踏んできた場数が違いすぎる。

男同士なんて自分は決してありえないと思っていたのに、今は触れてほしくてたまらない。目の前で制止している口唇に触れ、身体の奥で燻《くすぶ》り始めた熱をどうにかしてほしい。

「……、う……」

けれど、大見得を切った手前、なかなか従順な言葉は零《こぼ》れてこない。素直になれない自分を持て余し、出帆は目を潤《うる》ませた。一言言えばいいとわかっているのに躊躇《ためら》ってしまい、そのうち逡《しゅん》巡《じゅん》が逡巡を生んで何も言えなくなってしまう。

意地の悪いやり方に強情になりかけたとき、理人の指が額《ひたい》に触れてきた。

「……、あ」

前髪を後ろに撫《な》でつけるようにされて、反射的に小さな声が出た。理人を見上げる自分の目が戸惑っているのを充分自覚しながら、出帆が何度か口唇を閉じたり開いたりしていると、目の前の笑みが意地悪なものから優しげなものに変わり——露《あら》わになった額にささやかなキスが落ちた。

「……っ」

思わず首を竦《すく》めた出帆の緊張をほぐすように、理人は何度も額に口唇を寄せた。押し当てられる口唇は想像していたよりもずっと柔らかくて、まるで初めて他人の口唇を知ったときのように胸がどきどきした。二十歳《はたち》を過ぎ、それなりの経験をしてきているはずなのに、なんだか泣きたいほどの純情が込み上げてくる。

やがて口唇は頬《ほお》にすべり、気づいたときにはやんわりと腰を抱き寄せられていた。ときおり触れる逞《たくま》しい胸は当たり前だけれど女性のそれとは全然違っていて、その奇妙な感覚が倒錯感を呼び覚まし、逆に興奮した。

決して焦《あせ》らず、そして愚鈍でもない口唇はいつしか頬から首筋へと場所を変え、耳朶《じだ》を甘く食《は》んでくる。

ぞくぞくした悪寒が背骨に沿って駆け上がり、擽《くすぐ》ったさもあって肩を緊張させている出帆に、理人が低い声で囁いた。

「俺のことが好きだろう?」

出帆が強く眉《まゆ》を寄せて目を閉じ、小さくかぶりを振ると、すべてお見通しの男が苦笑した気配が伝わった。耳許に流れる吐息が頭に血を上らせ、もう何も考えられなくなる。

「素直に言ってみろ。好きだって」

「ぁ……、……」

「ほったらかされて寂しかったたって」

「……、理人さ……」

何度か頬に口づけられ、擽ったさと、それとは紙一重の快感に、出帆はもどかしげに身動《みじろ》いだ。口づけの合間に囁いてくる声は優しく、けれど口唇は絶対に頬から動かない。玄関の壁に押しつけられ、出帆が何度も足踏みするせいで、大理石の床に革靴の硬質な音が響く。

じれじれと動いているのは、逃げ出したいからじゃない。低い声と、思ったよりもずっとあたたかな口唇に、油断すると腰が抜けてしまいそうだから——。

「嫌ならいい。無理強いはしない」

最後の砦《とりで》が崩れたのは、その台詞だった。

これまでは疑い半分で聞いていたそれは、ずっと本気だったのだと初めて知った。そう言われて安堵していた今までとは違い、今は怖くてたまらなかった。

「素直になったら、可愛がってやる」

甘い睦言《むつごと》に唆《そその》かされ、出帆は潤んだ瞳で理人を見上げた。理知的な双眸《そうぼう》に仄《ほの》暗い情動が宿り始めているのを見て、こうなっているのは自分だけではないと安心した。

目を閉じ、理人が口唇に触れやすいように無意識のうちに顎《あご》を心持ち上げて、出帆は掠《かす》れた声で呟《つぶや》く。

「……き、……」

「聞こえないな」

「好……」

倫理に背いている背徳感から、声はなかなか言葉にならない。

「ちゃんと言え」

「……好き、です」

「誰のことが」

「理人さん……が、好……」

容赦《ようしゃ》なく何度も言い直させられ、泣きたくなった。一度言うたびに、堕《お》ちていく。昨日までは知らなかった世界に、引きずり込まれていく。

普通に暮らしていたら接点などなかったはずの男に恋をして、これから一線を超えるのだと思うと、膝《ひざ》が震えた。脳裏には鮮やかに、親代わりに厳しく躾《しつ》けてくれた祖母の顔が蘇《よみがえ》る。人に優しく、正直に。無駄遣いはしないで、堅実に。悪ふざけも羽目を外すのもたまにならいい、でも決して道を踏み外すな。

今からしようとしていることは、正しいのだろうか。行為を経《へ》て帰省したとき、祖母の顔をまともに見られるだろうか。

「好きだ……よ。最初は男なんて絶対嫌だと思ったのに、一緒にいる間にだんだん……自分でもなんでかわかんないけど、でもいつの間にか好きになってて」

言い訳めいたことばかり零れてきて、自分でも最低だと思ったときだった。

目の前の理人の目が細められ、優しく見つめられた。無表情か意地悪な顔が多いからこそ、爪《つま》先までじんと痺《しび》れてしまうほど胸がざわめいた。

徐々に理人の端整な顔が近づいてきて、ゆっくりと口唇が重なる。

「――……」

待ち侘《わ》びた口唇へのキスに、嫌悪感はなかった。やっと触れてくれたという安堵の方が強く、気がつけば出帆は両腕を理人の首筋に回し、自分に引き寄せていた。

素直になったご褒美《ほうび》なのか、理人も抱き締め返してくれた。もう足音も会話もなく静かになった玄関に、水音が響く。

口唇の薄い皮膚を舐《な》められ、出帆はそっと口を開けた。入り込んできた舌に口腔《こうこう》を弄《いじ》られ、その瞬間、疼いていた胸が引き絞られるように痛む。

たぶん、自分が思っていた以上に好きなのだ。こんなことも許してしまえるほど。もっと知りたい、知ってほしいと願うほど。

脳裏に陣取っていた祖母の顔が急激に薄れ、代わりにこれまで見た理人のいろんな表情が目まぐるしく浮かんでは消える。

帰省しても、胸を張っていられる。誰かを泣かせるような、悪いことをしているわけじゃない。些細《ささい》なきっかけで知り合った人を好きになって、彼と深く繋《つな》がりたいだけ。二人とも男だが、この気持ちに嘘《うそ》はない。

そう思った瞬間、何かが吹っ切れた。理人に腕を引かれ、出帆は買ってもらったばかりの靴をまるでスニーカーのように乱暴に脱ぎ捨てる。縺《もつ》れるようにベッドルームに入れば、これまで毎晩同衾《どうきん》したベッドが、今夜はやけに淫靡《いんび》に見えた。

上品なベッドスプレッドを剝《は》ぎ取ってどちらからともなく倒れ込み、再び口唇を重ねる。質のいいスプリングの揺れが収まると、出帆は上体を起こし、膝を立てて踵《かかと》でずり上がっていく。

ジャケットを脱がされ、靴下を引き抜かれた。喉許でクロスさせたリボンタイを外されるとき、これを選んでいたときの理人の横顔を思い出して、劣情が込み上げてくるのがはっきりと自覚できた。

一枚ずつ剝《む》かれていく間、いよいよ同性同士で事に及ぶのだという躊躇《ちゅうちょ》いや逡巡は湧《わ》いてこなかった。シャツのボタンが一つ外されたかと思うと口づけられ、吸われる舌先に集中しているとベルトのバックルに指がかかる。どこに集中していいのかわからずにうろうろと視線を彷徨《さまよ》わせ、結局身体が感じる愛撫に身を委《ゆだ》ねるしかなくなる。

震える指先を伸ばし、出帆は理人のシャツに触れた。硬い貝ボタンを一つ外しかけたとき、その手を取られる。

「――…」

吐息が触れそうな近くで目を合わせられ、出帆は固唾《かたず》を呑《の》んだ。手の甲から手首まで包帯で覆《おお》われた理人の右手が、捕らえた出帆の右手を軽く握る。人差し指の先に軽く口づけられたのを認めた瞬間、背筋にぞくっと何かが走った。

悪寒と紙一重の、それは快感だった。神経が集中した鋭敏な指先は、ゆっくりと理人の口唇に吸い込まれていく。

瞬《まばた》きすることもできず、出帆は一部始終を見つめた。指の腹に濡《ぬ》れた舌先が当たり、疼いていた下肢がびくんと戦慄く。視界に映るのはちらちらとたまに覗《のぞ》く舌先だけで、あとは理人の口の中で自分の指がどんなふうに愛撫されているか、感覚でしかわからない。それが逆に妄想を掻《か》き立て、ひどく淫蕩《いんとう》な想像が頭に溢《あふ》れた。

頭が沸騰《ふっとう》したかのようになり、頬が熱くてたまらない。羞恥《しゅうち》に居たたまれなくなり、出帆は囚《とら》われた自分の右手から目を逸《そ》らした。その途端、指に纏《まと》わりついていた濡れた感触が消え失せ、解放されたのだと知る。

性感を高めるためというより、こちらの反応を見るための愛撫だったのかと思い、火照《ほて》ってどうしようもなくなった頬に手の甲を押し当てた。散々キスされたせいで敏感になっている口唇を擦《こす》り、出帆は睫毛《まつげ》を震わせた。

全身が、緊張のせいでうっすらと汗をかいている。それは今まさに始まろうとしている男同士の交歓への怯《おび》えではなく、勝手がわからないことへの構えのようなものだった。セックスは体験済みだが、女の子をリードしていたこれまでと違い完全に主導権を明け渡しているので、理人が次に何を仕掛けてくるか、そればかりが気になって仕方ない。

耳許に口唇を寄せられ、反射的に首を竦めた出帆は、耳朶をやんわりと食まれて立てた膝をびくっと戦慄かせた。わざと煽《あお》るように水音を立てられ、眩暈《めまい》がしてくる。濡れた右手の指に理人が左手で触れてきて、はっとする間もなく絡め取られた。

卑猥《ひわい》な動きで指の股を擦るように撫でられ、尾骶骨《びていこつ》の辺りにぞくぞくした何かが溜《た》まる。歯で挟まれた耳朶を柔らかく引っ張られ、いつしか力が抜けていった。シーツに仰向けに横たわったのは、本当に自然な流れだった。

耳からすべってきた口唇で頬を辿《たど》られ、そのまま顎先に口づけられる。頤《おとがい》、喉と辿っていく口唇は柔らかく、これまで触れたことのある女の子と同じだった。でも、それ以外は全部違う。

肌に触れる髪の硬さも、はだけたシャツの隙間《すきま》から見える逞しい胸も、すべてが現実だった。

そして、その現実を受け入れて、緊張以上に期待している自分がいることも事実だった。

いつも仄かに感じていたフレグランスが、今夜は強く香ってくる。明らかに女性ものではない香りに、酩酊《めいてい》したように頭が芯まで痺れていく。

「……んっ」

薄い胸を弄られ、理人の指先がぷつんと勃《た》ち上がった尖《とが》りに引っかかった瞬間、声が零れた。慌《あわ》てて噛み締めようとするより早く、刺激に硬く凝《しこ》った粒を執拗《しつよう》に指で押し潰《つぶ》され、出帆はあえかな吐息を紡ぎ出す。

包帯の柔らかい感触と、容赦のない指から伝わる体温が、意識をどんどん混濁させていった。理人の背中に腕を回してシャツを握り締め、出帆は強く目を閉じる。

初めて抱かれる夜なのに、どうしてさほど不安がないのか、なんとなく理由がわかった気がした。双方裸になっておらず、中途半端に服を纏ったままだからだ。ボタンが全部外れているシャツ、フロントを寛《くつろ》げたスラックス。同性の目にすべてを晒《さら》すことはなく、かといって布越しのもどかしい接触だけでもない。同性同士だと必要以上に意識して醒めてしまうことはなく、ときおり肌が重なるたびに胸が疼く。

「う……、ふ」

男だし、胸なんか感じないと思っていたが、長い時間をかけて愛撫されるとそこは呆気《あっけ》なく性感帯に変わってしまった。最初は擽ったいだけだったのがだんだんじんじんと痺れたようになり、最後は痛いほどだった。

「――いっ……」

歯で挟まれたとき、あまりの刺激に思わず身体が跳ねる。そのとき腰を腕で僅《わず》かに抱き上げられ、あっと思う間もなくずり下がりかけていたスラックスを脱がされた。ほぼ同時に理人がシャツを脱ぎ、互いの身に残っているものが正反対になる。流れを中断しない手際はあまりにも鮮やかで、同性としてちょっと尊敬してしまった。

だが、現実に戻ったのはその一瞬だけだ。

「あっ」

下着を掻い潜って忍び込んできた指に欲望を探り当てられ、思わず鋭い声が零れた。触れられて初めて気づいたが、そこはすっかり形を変え、あまつさえ涙まで浮かべている。

「……」

顔が真っ赤になったのが自分でもわかり、同時に、その顔を見つめられていることもわかった。頬の辺りに感じる視線はちくちくと痛痒《いたがゆ》くて、よけいに羞恥を煽られる。

掌《てのひら》で優しく包み込まれた刹那《せつな》、口唇からは微《かす》かな吐息が零れた。

強く擦ってほしいという欲求がすぐに込み上げ、考えるより先にもどかしく腰が揺れる。はしたない本能に、理人は笑ったりはしなかった。ただ頬に口唇を寄せて、もっとゆっくり愉《たの》しもうと諭《さと》すように口づけてくる。

「う……ん、ン……っ」

ゆるゆると愛撫されて、鼻にかかった声が漏《も》れる。甘えを帯びたそれは、自分と同じ性別の理人を誘っているのだと、出帆自身が理解していた。こんな声が出てしまう自分が恥ずかしくて、それ以上に興奮した。

先端に結んだ雫《しずく》を指先が掬《すく》い、そのまま括《くび》れた部分を小刻みに撫でる。力は全然入っていないのに、ぬるぬるした指先が施《ほどこ》す愛撫はときおり腰が戦慄くほど強烈で、出帆はいつしか背中を丸め、浅い呼吸を繰り返していた。

「あ、ぁ……っ」

大きな掌で緩急をつけて包まれたり、感じる先端の窪《くぼ》みや括れを指の先で強めに押されたりするたび、切れ切れの声が上がる。シーツに顔を埋めて声を殺そうとしたが、これ以上身体を捩《よじ》ることはできなかった。何か噛んでいないとそのうちとんでもない声が出てしまいそうで、いちばん近くにあるものを噛んで歯を食いしばる。それがシーツの上に脱ぎ捨てられた理人のシャツだと気づいたのは、口唇に触れた瞬間、微かだったフレグランスが濃厚に香ったからだった。

「ふ……、っ、――っ」

ぎゅっと瞼を閉じ、鋭すぎる体感に耐える。付き合っていた彼女に触ってもらったことも、もちろん自分でしたこともあるのに、今夜の愛撫はそれとは比較にならないくらい深い快楽を齎《もたら》した。理人が同性だからなのか、それとも慣れているからなのか、もうあまり回らなくなった頭の中で必死に考える。それでもだんだん靄《もや》がかかってきたようになり、出帆は甘ったれた嬌声《きょうせい》をシャツに吸い込ませながら、目尻《めじり》に涙を浮かべることしかできなかった。

頭を撫でられ、カットされたばかりの髪が頬に落ちているのを掻き上げられる。左手は容赦のない愛撫を繰り返すくせに、包帯の巻かれた右手はやけに優しくて、出帆は薄い胸を波打たせてただただ翻弄《ほんろう》された。

「ン、ふっ」

濡れてぐちゃぐちゃになったシャツの中に堪《こら》えきれない声を吹き込んでいると、不意に指が離れていく。物足りなさに思わず長いため息が零れてしまい、出帆はうっすらと瞼を開けた。

視界に映ったのは、こちらを覗き込んでくる理人だった。続きをねだるように縋《すが》るような目で見つめると、余裕の笑みを返される。

出帆の視線の先で、理人は左手を広げてみせた。指先が透明な雫で濡れていて、自分が我慢できずに溢れさせた期待の雫のせいだとわかった途端、恥ずかしいのになぜか目が離せなくなった。目の前で、その指がゆっくりと肉厚の口唇に近づいていく。見せつけるように理人が指を舐めた瞬間、今まで愛撫されていたそこを直接舐められたような気がして、出帆はぶるっと腰を震わせた。

痛いほどの羞恥は却《かえ》って劣情を煽り、どんどんいやらしい気分になってくる。身も心も暴走したように制御が利かなくなって、出帆は理人の匂いのするシャツを握り締めた。

理人の口唇からようやく指が引き抜かれ、ほっと息をついたとき、頰に口づけられた。

しかし、直接キスしたいと思い、口に纏わりつくシャツを離そうとしたときだ。

「――っ」

背骨をなぞるように指がすべっていくのがわかり、出帆は思わず目を瞠《みは》った。先ほど卑猥に舐められていた指が脳裏にまざまざと蘇り、息を飲む。指はゆっくりと背中を上から下へとなぞり、やがて秘められた部分に近づいていた。

肌の感触を確かめるように二つの丸みを撫でられ、指が入り口に触れてくる。刹那、そこが初めての接触に震えて収縮したのがはっきりとわかり、出帆はさらに頬を紅潮させた。観察するようにじっと見つめられ、嗜虐《しぎゃく》的な気分に興奮して、初めての愛撫を待つことしかできない。

入り口の周辺を指で軽く押し揉《も》まれ、たっぷりと期待を煽られたあと――ついに濡れた指が進入してきて、出帆は思わず奥歯を噛み締めた。

「んく、……っ」

「出帆、力抜いて」

「……、……っ」

浅いところで小刻みに動かされ、言われたとおりにしたいのに下腹に力が入ってしまう。高価なシャツを噛み締め、出帆は奇妙な違和感を味わった。きつく閉じた瞼の裏が赤く染まり、どくどくと煩《うるさ》いほどの鼓動がこめかみの辺りで響く。

身体の中を弄られる感覚に、無意識のうちに冷や汗が頬に浮かんだとき、これまで放置されていた前に不意に触れられた。後ろを愛撫しているのが左手なので仕方ないが、包帯のざらざらした感触は中途半端で放り出された欲望には酷《こく》なほど刺激が強すぎて、反射的に身体が跳ねる。

「ん、ん……っ」

初めての感覚に萎《な》えかけていた欲望はあっという間に硬く張り詰め、再び涙を零し始めた。慣れた快感に気を取られているうち、いつしか後ろの変な違和感も薄れ始め、身体の外と中の両方を同時に愛される初めての感覚に朦朧《もうろう》としてくる。

そのとき、奥のあるところを指の腹でぐいっと押され、出帆は自分でもびっくりするほどびくっと身体を戦慄かせた。

「……、……⁉」

戸惑って首を左右に振ると、理人が宥《なだ》めるように肩に口づけた。後ろを弄る指はそのまま、欲望から包帯のついた手を離し、どこにも触れていない甲の部分で優しく頬を撫でてくる。

「驚くな。そのまま」

「……ん、ン」

「そのまま……」

諭すように繰り返す声は低く甘く、官能に掠れていて、指を受け入れたそこがぐにゃっと綻《ほころ》んだのが自分でもわかった。声に感じてしまったことが恥ずかしくて、それ以上に胸が焦《こ》げるほどの恋情が込み上げ、出帆はぎゅっと目を閉じて喉をひくっと鳴らす。

初めて会ったときからクールな雰囲気だった理人なのに、セックスでこんなに優しくしてくれるなんて意外だった。すべてを委ねていいのだとわかりやすく甘やかされ、ようやく全身から力が抜ける。

何事にも醒めているようだった理人も、今夜は違って見えた。主導権を握り、確実なリードで初めての出帆を誘《いざな》い、息を弾《はず》ませて生々しい一面を見せてくれた。

理人は手の甲で出帆の頬や額に触れながら、すっかり柔らかくなったそこを強く愛撫した。さっき感じた部分ばかり集中的に、指で捏《こ》ねるように弄られて、出帆は息も絶え絶えに身悶《みもだ》える。

緩《ゆる》やかだった愛撫がだんだん濃くなり、声が我慢できなくなった。苦しくなり、うっすらと瞼を開けると、理人が口の中からシャツを出してくれる。その途端、奔放《ほんぽう》な喘《あえ》ぎ声がひっきりなしに溢れ出し、出帆は涙目で理人を見上げて哀願した。

「も……やめ、やめ……て、無理……っ、あっ」

「何が無理なんだ」

「いく……も、いく」

激しく喘いで、出帆は自分の手で放置されていた欲望を握り締めた。絶頂を促《うなが》すためではなく、このままだと意図しないタイミングで逐情《ちくじょう》してしまいそうで、戒《いまし》めるためだった。何もかもが初めてのことで、予想もつかなくて怖い。

「あ……っ」

指が引き抜かれ、自分でも耳を塞《ふさ》ぎたくなるほど艶《なま》めかしい声が尾を引いた。次の瞬間、指よりもっと確かなものが侵入してきて、息を詰める。

「あ……、ぅ」

「息吐いて」

「……、あ……っ」

「出帆」

あやす口調は優しいのに、熱は躊躇なく身体を拓《ひら》いていく。挿入されるときのみっしりとした感覚に、痛みは混じっていなかった。指で蕩《とろ》けそうになるまで愛撫され、期待することを覚えた襞《ひだ》が、理人の欲望に絡みつくのが自分でもわかる。

「や……だ、これ……ぁ、あ、あっ」

これ以上ないほど奥まで押し込まれてすぐ、身体を軽く揺すられた。その瞬間、覚え込まされたところから強烈な快感が湧き上がり、奔放な声が次々と溢れる。

「っ、……ぁ、んっ、あぅ……っ」

感じる部分を立て続けに擦られて、嬌声じみた喘ぎが口をついて出た。苦しげなこの声が、堪えきれない快感から来ていることなど、理人は百も承知なのだろう。身体を揺さぶる間隔が徐々に大きくなり、もう何がなんだかわからなくなった出帆は、圧《の》し掛かってくる逞しい胸の中で煩《はん》悶《もん》するだけだった。

「んっ……、ん、ぁ、アッ、あ」

「……痛い？」

「……う、ん……っ、あ、あ」

否定したいのにまともな言葉が綴《つづ》れず、闇雲に首を振る。仰《の》け反った隙に喉の尖りに口唇を押し当てられ、強い力で抱き締められて、出帆はシーツに頭を擦りつけるようにしながら、どうにかして大きすぎる体感を散らそうとする。

「あ、あん」

「……出帆」

「や、アッ、あ、あ……っ」

わざと卑猥な腰つきで追い上げられ、出帆は理人の背中を叩《たた》いた。瞼を開けても潤んでいるせいでぼやけていて、視覚がはっきりしない分感覚が強く研ぎ澄まされ、すべてを支配されてしまう。

尖らせた舌で口唇の端を舐められ、無意識のうちに顔を動かして吸いつくと、くぐもった苦笑が伝わってきた。でも、もう羞恥も何もなかった。夢中になってキスを交わし、口唇が離れる合間にうわ言のように喘ぐ。

「……だめ……、あ……、あっ……」

「苦しい？」

「くるし……け、ど、気持ちい……っ」

「……可愛い」

「あ、あっ、い――、アッ」

深く考える余裕もなく、今の状態をそのまま口にすれば、ご褒美だとでも言いたげにキスがもらえた。二人の身体の間で揉《も》みくちゃになっているとはいえ、指で触れてもいない欲望が限界に近づき、出帆は涙声で訴えた。

「も、駄目、いく、ほんとにいく」

「……、いく？」

「いく、いくっ、……っ、あ、ンッ」

切羽詰《せっぱつ》まった声でどうにかしてと懇願した出帆は、ぎゅっと抱き締められて口唇を噛んだ。今度は焦《じ》らされることなく、望んでいた絶頂に導かれる。強く中を擦り上げられ、目の前がチカチカした。

「あ、っ、――……」

舌先まで痺れたようになり、出帆は理人に促されるまま吐精した。ほぼ同時に耳許でも低い呻《うめ》き声が聞こえ、その声に感じてもう一度軽くいってしまった。

「……ぁ、は……」

ぐったりして壊れそうな呼吸を繰り返していると、理人がやんわりと抱き締めてくる。

「……大丈夫か」

「ん……」

可愛かったと囁かれ、居たたまれなくなった。でも、同性とは初めてだからこそ、好意的な言葉をもらえて嬉《うれ》しかったのも事実だった。

終わったあとも、理人は優しかった。すぐにシャワーに立つこともなく、出帆の鼓動が穏やかになるまでしばらくじっと抱き締めて、余韻《よいん》が少しずつ引いていくように顔のあちこちにキスしてくれる。

強すぎる快楽は途中から苦痛になっていたが、それでも夢中になるほど溺《おぼ》れた。理人の目を見つめ、出帆は緩慢に瞬きする。

年上の、別世界に棲む男。初めての相手に面倒がるどころか、手ほどきする時間を愉しむ余裕があるのだと思った。これまで経験してきたセックスが凡庸に思えるほど、今夜の交歓は自分の経験値を大きく上げた気がする。大学生の自分では想像もできないくらい、理人はたくさんの人とこんな時間を過ごしたのだと思えば、嫉妬《しっと》に胸が焼けそうだった。

理人の背中を抱き締め、それがうっすらと汗ばんで荒い息のために上下しているのに、狂おしいほどの愛おしさが募る。

「……理人さん……」

掠れた声で呟いて、出帆は目を閉じた。

ついに同性同士でしてしまったなどという後悔や後ろめたさなどはなく——胸に点《とも》るのはただ、手練《てだ》れた男の罠《わな》にかかってこんなに好きになってしまったのだという、清々《すがすが》しいほどの敗北感だった。

*

真剣な顔でガラス向こうのクレーンの行方を目で追っていた出帆は、細い金属の先端が思ったとおりのところに引っかかったのに息を詰めた。見た目とは裏腹にちゃちなクレーンが、よろよろと動いていくのを固唾を呑んで凝視する。

奇想天外な出来事が続いた昨日から一夜が明け、出帆は理人を誘って外に遊びに出たのだった。週末で人が多いからと理人は難色を示したのだが、半ば強引に連れ出したのだ。

とうとう肌を重ね合わせてしまって、あの部屋に二人きりでいるのが恥ずかしかったせいもあるし、理人と外で遊んでみたいという気持ちもあったためだった。

そう——もう、昨日までの二人ではない。理人の本心は聞いていないが、自分の気持ちは告げた。初めて男に抱かれて、数え切れないくらいキスを交わした。だから、デートしてみたかったのだった。

理人のことを、もっと知りたい。街ではどんな感じなのか、どういうことに興味を示すのか。何でも、知りたい。

「うあ～、惜しい！」

最後の最後で落下口を逸れて落ちた縫いぐるみに身悶えると、横から一部始終を見守っていた理人が憎らしいことを言った。

「ヘタクソ」

「いや、下手《へた》じゃないって。これ難しいよ、やってみろよ」

「俺がやったらすぐ取れてつまんないだろ」

「無理だって。いくら理人さんでも、すぐ取れないよ」

「じゃあ賭けるか？」

その一言に、出帆は目を瞬《しばた》かせた。出帆の表情の変化を楽しそうに眺めながら、理人が掌に載せたコインから百円玉を摘《つま》んで言う。

「俺が取れたら何する？」

「……」

再度問いかけられたが、出帆は口を開いたものの、結局何も言えなかった。賭け事をするのが嫌なのではなく、何をすると言えばいいかわからなかった。

最後の一線を越えた今、出帆に差し出せるものは何もない。プライベートの時間も、キスも、身体も――この心だって。すべては彼の意のまま、どうにでもなる。

同居は、怪我が治るまでという約束だった。残された時間が少なくなっていることに思い当った瞬間、胸がずきんと疼いた。

理人を腰で押しやり、出帆はゲームセンターの奥に進む。

「エアホッケーしよ。一緒に遊べるのがいいや」

理人さんやったことある？　と聞くと、理人は首を振った。よしと拳《こぶし》を握り締めて、出帆は二台並んだホッケー台の空いている方にコインを投入する。

「理人さんが慣れるまでは、俺にも分がありそう」

「しょっちゅうやるのか？」

「そんなにお金使えないから、しょっちゅうってわけでもないけど。友達とたまに来るよ」

エアホッケーがいちばん盛り上がるんだと笑いかけて、出帆は出てきたパックを台に載せる。

「行くぞ」

宣言し、角度をつけて打ち込むと、理人はすかさずガードした。相変わらず反射神経がいいが、やはり慣れていないというだけあって弾《はじ》くのが精一杯で、弾きつつ相手のポケットを狙って打ち返すところまではいかない。

まぁ、利き手じゃないからな……と独りごち、出帆は緩やかにパックを打った。

角度は結構際どいところを狙うものの、パックのスピードがあまり出ないように打っていると、理人はすぐに手加減していると気づいたらしい。

見縊《みくび》っているわけではないので、出帆は慌てて言った。

「ほら、長い間楽しみたいじゃん」

「？　これ、パックが落ちる回数じゃなくて時間制じゃないのか？」

「そうだけど、しょっちゅうパック拾ってたら時間が勿体《もったい》ないよ」

出帆が言うと、理人はそれもそうだと苦笑した。左手で危なっかしくポケットをガードしながら、あっさりと言う。

「じゃあ遠慮なく」

パワーで押し込む戦いではなく、角度を利用した頭脳戦なら、利き手を使えない理人と遊び慣れた出帆は互角になる。気を遣わなくていいと突っ撥《ぱ》ねなかった理人に、出帆は最初の晩のことを思い出した。

ダーツをしたあのときも、理人は経験者の出帆が練習時間を与えたことを享受《きょうじゅ》した。出帆の投げ方を堂々と参考にして、真似た。

『俺は無駄な意地は張らないことにしてるので』

そうか、と出帆はパックを打ち返しながらこっそりと向かいの理人の表情を見つめる。

彼が独特の雰囲気を持っているのは、その性格のせいだ。

いわゆる勝ち組で、何でも持っていて、何でもできて。どこか醒めた冷ややかな様子からは、彼の本質は見えてこない。実は負けず嫌いなこと。意外と裏で練習する地道な一面があること。自分を過大評価せず、教えを請うことを恥と思わない。それは、普通の人にも難しいものだ。何でもできる人だと感心したけれど、これなら上達も早いだろう。ゲームも、料理も、仕事に必要なことも。もともと資産家の息子として生まれたわけでもない彼が、あのパーティでも物怖《ものお》じせず溶け込んでいた理由がわかる。

でも——と、出帆はふと目を瞬かせた。

結果を最重視して経過に手段を選ばないのはありだと思うけれど、そんな彼が意地をかける瞬間はあるのだろうか。ストレートで三振を取れる実力があるのに、理人はアウトさえ取れればいいと結果を優先し、フォークやカーブを平気で投げてくるタイプだ。

ここだけは自慢のストレートで三振を取ろうと躍起になって、痛打される危険と隣り合わせに同じ球種ばかりを投げ続けるシーンがあるなら見てみたいと、ふと思ってしまった。

最初に両替した三千円分、たっぷり遊んで、出帆は理人と一緒にゲームセンターを出た。理人は出帆が望むだけ遊ばせてくれるつもりだったようだが、それでは際限がない。最後に残った百円玉で理人はクレーンゲームにチャレンジし、出帆の挑戦を散々見ていた彼は、あっさり縫いぐるみを取った。もちろん、横から出帆がアドバイスはしたけれど。

店員が縫いぐるみを入れてくれた袋を提《さ》げてタクシーを捕まえようとしている理人の姿に思わず噴き出し、出帆は揶揄《からか》う口調で尋ねる。

「それ、どうすんの？」

「適当に置いておく」

「理人さんちのマンションに飾ったら、変だよ」

いかにも高級な家具にぽつんと鎮座する縫いぐるみを想像すると、笑いが止まらなくなった。

理人が振り返り、胡乱《うろん》な目で出帆を眺める。

「何がそんなに可笑《おか》しいんだ」

「別に、……っ」

まだ笑っている出帆を理人は首を傾げて見ていたが、それでも止められなかった。

ただ楽しくて、こうしているだけで嬉しかったのだ。

＊

講義が終わるや否や、出帆は教科書やノートをバッグに詰め込んだ。机の上の消しゴムのかすを掃除していると、枡居《ますい》がやってくる。

「最近早いな」

このところさっさと片づけて講義室を出て行くことを指摘され、出帆は少し詰まった。一刻も早くあのマンションに帰りたくて急いでいることは自覚していたが、改めて言われると恥ずかしい。

かすをゴミ箱に捨て、連れ立って駅に向かいながら、出帆は枡居に言う。

「でもいっつも枡居の方が早いよな」

「だって俺、終わる十分前にはもう片づけてるしよ」

あっさりと言って、枡居は呆《あき》れ半分、感心半分で出帆の顔を見た。

「あんな前座ってたら、そりゃ片づけもできねーだろ」

「まぁ……そうなんだけど」

「よくあんな場所座るよな」

枡居の言葉に、出帆は苦笑するしかなかった。自分も昔はそうだった。講義室の後ろの方に座り、たまには居眠りしたりメールを打ったり。

でも、奨学金制度に申し込んだときから意識が変わった。卒業後、自分の稼ぎの中から授業料を返していかなければならないと思うと、講義中は一分でも無駄にはできないと思うようになったのだ。

でも……と、出帆は心持ち目を伏せる。

講義中は、理人のことばかり考えていた。せっかく講義に出ても前に座っても、これでは何の意味もない気がする。

あのマスカレードから三日——出帆と理人は、文字通り『蜜月』を送っていた。

朝はぎりぎりまで二人でシーツに包まって、二人で食事を作って向かい合って食べ、ダーツやオセロで遊んだ。ふとしたときに口づけを交わし、不必要なほどくっついていた。

最後までしたのはあの晩と二日後の二回だけだったが、繋がりはしなくともかなり際どい行為には散々及んでいた。ワインのつまみにと用意したいちごを食べさせられ、そのまま指で口腔内を弄られたり、ソファで並んでDVDを鑑賞していたはずが、いつの間にか映画の内容はそっちのけで服をはだけてお互いの肌を探り合ったり。

若い自分はすぐに火がつくのはわかるのだが、どこか淡白に見えた理人がそうでもないというのは意外だった。暇さえあれば——つまりほぼ一日中——求められ、口づけられる。

「佐野《さの》、なんかツヤツヤしてね？」

枡居に問われ、ぎょっとした出帆は思わず足を止めた。しかし枡居に他意はなかったらしく、げっそりした顔で言う。

「輝いて見えるわ。俺は昨日貫徹したから眠い……レポートは早めに手を付けようって毎回思うんだけど、こうなるんだよなぁ」

「そ……そっか。俺、今回は結構早めにできてた」

「やっぱ睡眠は大事だわ。俺も佐野見習って、もうちょっと真面目《まじめ》に生きよ」

自己完結した枡居の横で、こっそり安堵の息をつく。『ツヤツヤ』の原因は身も心も充実した日々のせいだとわかりきっているので、恥ずかしくて居たたまれない。

「いいもの食べて、栄養がついてるのかも」

そう言ってごまかした出帆に、枡居は羨しそうな目を向けた。

「いいなぁ……どんなもん食わしてくれんの？」

「普通の食事だけど、たぶん材料が高いから美味《おい》しいんだと思う」

感嘆の吐息混じりに、出帆は昨晩理人が作ってくれたパスタを思い出す。

二人で作ろうとキッチンに立ったはいいものの、途中から妖しいムードになってしまった。後ろから羽交い絞めにされて首筋に口唇を押し当てられ、最初は肘《ひじ》で小突きながらじゃれていたのだが、だんだん冗談では済まされないところにまで手が侵入してきて……。

シャツやエプロンはそのままにジーンズだけ足下《あしもと》に落とされ、向かい合わせで抱き締められた。口づけられたままいいように下肢を弄られ、口唇を塞がれているせいで満足に喘ぐこともできず、出帆はただ後ろ手にシンクを摑んで震えながら、身悶えることしかできなかった。

自分とは圧倒的に差がある理人が足下に傅《かしず》き、性器を口で愛撫し始めると、奇妙な興奮を抑えられなかった。ただその反面、見上げてくる理人に乱れていく表情をつぶさに観察されているのを嫌と言うほど感じ、倒錯的な悦《よろこ》びを覚えずにはいられなかった。

たった数日で俺はすっかりヘンタイに……と茫洋《ぼうよう》とした目で、出帆は枡居に説明する。

「普通のパスタとかで、普通に茹《ゆ》でて普通にソース作るんだけどさ、なんたらチーズっていうのを何種類も入れたり掛けたりすんの。例のセレブの店に並んでる、外国のチーズ」

「あー、すげー美味《うま》そう」

「なかったら普通のチーズでもいいらしいんだけど、そのなんたらチーズを使わないと、あんな店みたいな味にはなんないよ。俺には無理」

淫靡なところは差っ引いて話した出帆に、最初は羨《うらや》ましそうに聞いていた枡居はふと目を瞬かせる。

「あれ？　料理してんのは、佐野……だよな」

「う、うん。そう。ただ材料は使わせてもらったりとか」

苦しく言い繕《つくろ》っていると、ちょうどはかったように地下鉄の駅に到着した。枡居とは同じ線を使っているのだが、方向が逆なのだ。

「じゃな、また」

ぼろが出る前に別れられたことにほっとしつつ、出帆は地下鉄に乗り込んだ。真っ暗なドアガラスに映る自分の表情が惚《ほう》けているのに気づき、目を伏せる。

初めての恋愛じゃない。初めての彼女とデートしたときも舞い上がったし、二人目の彼女と迎えた初体験の感動も覚えている。派手な喧嘩《けんか》も、大通りで手を繋いだときの羞恥も昂揚《こうよう》も、全部この身に刻まれている。

どれも学生同士の拙《つたな》い恋だが、いずれは結婚したいと思うほど真剣だった。別れにはそれぞれの理由があるが、好きだったことは揺るぎない事実で、もう会うこともない過去の彼女は輝く想い出だ。

でも——理人との関係は、少し違っていた。

絶対ありえないと思っていたのに、どうしてこんなにも溺れているのだろう。

海野《うんの》が二週間分振り替えてくれたバーのアルバイトはともかく、日中やっていたアルバイトも今は休んでいる。大学だけには行っているが、講義中も上の空だ。文字通り、寝ても醒めても頭の中を占めているのは理人のこと。

住む世界が違うから興味が尽きないのだろうか……と思いかけた出帆は、緩慢に首を振った。

確かに理人はかなりの経済力を持っているが、出帆と似たような一般的感覚を持ち合わせ、浮世離れしているというわけでは決してなかった。五万円のディナーを難なく口にできても、ファーストフード店のハンバーガーの値段を知っているし、何の躊躇もなく出帆に高級な服を揃《そろ》える一方で、人気メーカーのジーンズが一本幾らなのかも知っていた。どうしてかと驚く出帆に、理人は事もなげに、資産家の生まれではないからだと言った。

出帆と同じように上京して一人暮らしをしながら大学に通い、自炊はその頃覚えたらしい。学生時代に起業したとはいえしばらくは経営状態もトントンで、アルバイト代が入る前などは牛丼で凌《しの》いだこともあったと聞いた。むしろ、稼いだアルバイト代を会社の運営費に回すことが多く、出帆よりも生活に窮した時期もあったようだ。

もちろん、人生の勝者だという風格は随所から感じられるが、そういうわけで基本的感覚がずれているということはない。思えば、最初に理人に興味を抱いた原因も、礼を言ってくれたという当たり前のことからだった。

最初に賭けを持ちかけたように、理人には有り余る金を無造作に遣うところがあるのは間違いない。ただ同時に、彼は金ですべてが決着するとは思っていないようだった。金でどうにかなることは躊躇なく払って済ませるが、それでは駄目だと判断すると金には頼らない。同居を始めた当初、毎日豪華な夕食が用意されていることに出帆が難色を示すと、すぐにやめたのがいい証拠だ。

やっぱり、普通に好きなんだよな……と内心で独りごちて、出帆は深々とため息をつく。

出帆が嫌がった高級ディナーの代わりに彼が選んだのは、なんとも庶民的で安価な料理。でもそれは、そういう食事も好きだからではなく、出帆が本気でケータリングディナーに困っていることを知ったからだ。

大学を休めとか、レポートなんか後回しにしろなど、束縛することはない。しかし放置するのではなく、必ず同じ空間で過ごしている。そうかと思えば、一段落した頃を見計らって、ダーツをしようだのＤＶＤを観《み》ようだの誘ってくる。

この抜群の距離感に居心地がよくなって、非日常感はだんだん薄れていった。また、ダーツはもちろんのこと、理人が二人で観るために購入したＤＶＤは大学生が好みそうな新作の話題作で、理人が作る食事も肩肘の張ったものではなく出帆でも食べやすいものばかりだった。

最初はあんなに抱いていた危機感が薄れていったのも、当然だ。ひと回り年上の同性の目線で、同居人が好みそうなものをさり気なく用意し、出帆が決して馴染《なじ》めそうになかったあの部屋の空気を変えたのだから。

地下鉄を降りて階段を上がりながら、出帆は小さく息をつく。

――バカンスに、付き合ってもらう。

あのときの様子を考えれば、理人はこれまでも同じように誰かをあの部屋に呼んだだろう。潤《じゅん》沢《たく》な時間と金を使い、愛欲の日々を送って――そして、期限が来れば笑顔で別れてきたのだろう。

当初は存在していた『二週間』という期限を思い出す。結局あれはうやむやになり、手の怪我が治るまでという不確定なものに変わったが、区切られているというのは違いない。

胸の奥がちくんと痛んだ。

最初から受け入れていたら、今のような日を初日から送れたに違いない。強引にマスカレードに連れて行かれた晩までの前半の一週間が、ひどく勿体ない気がした。

「……」

自分の考えに思わず苦笑して、出帆は勢いよく改札機にパスケースを押しつける。過ぎたことは、仕方がない。最初嫌だったのは事実なのだし、これもまた一つの道なのだろうから。

駅を出て商業施設を抜け、持たされているセンサーキーでいつものようにロックを外す。律儀に頭を下げてくれたコンシェルジュに会釈《えしゃく》を返してエレベーターに乗り、出帆は住み始めて十日になろうかという部屋に帰った。

「ただいま」

声をかけると、珍しく理人が出てきた。いつもはリビングで本を読んでいるので目を丸くした出帆は、理人が財布を手にしているのに驚いた。外出するらしい。

滅多に外に出ない理人を努めて連れ出しているくらいだから、彼が外に出るというのは望ましいことなのだが、一人で行こうとしているのが気になった。

「早かったな」

「休講で……、どこ行くんだよ」

思わず腕を摑んだ自分の目は、おそらく頼りないものだったに違いない。理人がびっくりしたように目を瞠り、それから噴き出す。

「シャンプーしてもらいに行くだけだ」

当たり前のように言われて、羞恥に頰が熱くなった。出帆が大学に行っている間に、理人はあのサロンで髪を洗ってもらっているのだが、すっかり忘れていた。

まだ肩を震わせている理人を見て、居たたまれなくなる。そろそろ『期限』だろうかなどと帰り道に考えていたから、つい不安になってしまった。

「一緒に行くか?」

にやにやしている理人の目は、完全に揶揄っている。さっきの出帆が、置いていかれることに怯えている小さい子に見えたらしい。

咳払《せきばら》いして、出帆は理人の腕を取ると部屋に上がった。

「俺が洗ってあげるよ」

「へぇ」

「大丈夫、俺結構上手《うま》いよ」

にこっと笑って、出帆はリビングの定位置にバッグを置く。

漁師だった祖父は、亡くなる前の一年ほどは寝たきり生活だった。当時は中学二年生だった出帆は、二日に一回、祖母と一緒に祖父の髪を洗ってあげていたのだ。

とはいえ、以前やっていたように枕元《まくらもと》に洗面器を準備するのではなく、出帆は理人と相談してリビングのオットマンを洗面所に持ち込むことにした。高さがちょうどよく、後ろ向きに座った理人の頭がきちんと洗面台に来る。

もちろん、オットマンを持ち込んで窮屈な洗面所ではない。二つ並んだ洗面ボウルのうち、奥の方がシャワー切り替えできるタイプなので、そこで即席美容室と洒落《しゃれ》込む。

「首とか痛くない?」

「肩が洗面台で支えられてるから平気」

「すぐ終わるよ」

理人が座り心地のいい体勢を模索している間、出帆はバスルームからシャンプーなどのボトルを持ってきた。洗面台に置き、リネン庫から新しいタオルを数枚出す。

さて始めよう……と思ったところで、ふと洗面台を見た出帆は青くなった。自分がボトルを置いた場所に、なんだか変な染みができている。

固まった出帆に気づいた理人が、視線の先を追って染みを発見したのに気づき、出帆は慌てて言った。

「お、俺じゃない……と、思……」

「気にするな。前からあった染みだ」

その言葉に、出帆は本当にほっとした。もし自分が汚したのだとしたら、修理代がいくらになるのか考えただけでも怖ろしい。

「半年ほど前に、手が滑ってシェービングオイルを垂らしたんだ。かなり拭《ふ》いても取れなくて業者まで呼んだんだが、駄目だった。大理石はオイルが染み込むと駄目らしい」

「そ、そうなんだ」

「何年も放置すると、だんだん薄れてくると言われた。……仕様に凝《こ》るのは結構だが、使い勝手が悪い。水周りは人工大理石にするべきだ」

理人はあっさりと言うが、出帆は曖昧《あいまい》な返事しかできなかった。本物の大理石よりも人工大理石の方が使い勝手がいいらしい——また一つ知識が増えたと苦笑して、ふと目を瞬かせる。

ここを離れてしまえば、覚えた知識を役立てる場面なんて、そうそうないに違いない。

「始めるよー」

ことさら明るく言って、出帆はノズルを引き出した。自分の手で湯の温度を調節したあと、そっとかける。

「熱くない？」

「ちょうどいい」

髪全体を濡らして、出帆はシャンプー液を手に取った。軽く泡立て、生え際から丁寧に洗っていく。

「上手いもんだな」

「だから言ったじゃん、上手いって」

えへへと笑って、照れ隠しにせっせと指を動かした。誉《ほ》められて嬉しかった。

耳の後ろを洗うときにちらりと理人の顔を見ると、目を閉じていた。眠っているかのような無防備な表情にどきんとして、誰が見ているわけでもないのにどぎまぎしてしまう。

そうやって熱心にシャンプーをして五分も経《た》った頃——不意に脇腹に触れられて、びっくりした出帆は膝を洗面台の扉にぶつけてしまった。

見れば、いつしか理人が面白《おもしろ》そうな目でこちらを見上げ、出しっぱなしのシャツの裾《すそ》から左手を侵入させている。

「ちょ、ちょっと！　何してんだよっ」

「なんかそそられて」

「なんでこんなときに——って、ちょっと……ちょっと待ってて っ」

卑猥な動きで脇腹を撫でられ、擽ったさと紙一重のぞくっとした快感に腰が抜けそうになった。

慌てて鏡に手をついたが、泡が周囲に飛び散ってしまう。

「や……め」

自分の口から零れる声に、思わず赤面した。台詞の内容は咎《とが》めるものだが、声は完全に甘えている。仕掛けてきたのは理人だが、これでは誘ったと言われても言い訳できない。

案《あん》の定《じょう》、シャツの中で蠢《うごめ》く手はどんどん大胆になり、シャンプーをするため上体を折っていたために易々と乳首を探り当てられてしまった。

「……っ、ん」

身悶えて手を振り落とそうとしたが、そう簡単にはいかなかった。もしかすると、本気で嫌がっていないからかもしれない。鏡に手をついたまま熱い呼吸を繰り返し、出帆は恨みがましい目で理人を見下ろす。

大人の男の、黒い眼差《まなざ》し。——目で唆され、引き寄せられて……出帆から口唇を重ねるまで、ほんの僅かだった。

大理石の洗面台に落ちる湯の音だけではない、密《ひそ》やかな水音が響く。

「……、泡……落とさないと」

「……」

「まさ……」

台詞だけは窘《たしな》めながら、角度を変えて何度も口唇を重ねた。やがて立ち上がった理人に強く抱き締められて、出帆はあえかな吐息を零す。

湯気で下部がうっすら曇った鏡には、とろんと蕩けた目の、恋に溺れる自分の表情が映っていた。

＊

映画館を出ると、外はすっかり暗くなっていた。

タクシーを捕まえようとしている理人の腕を引き、出帆は地下鉄の入り口を指す。

「こっちの方が早いよ」

「でも混んでるだろ」

「いいじゃん、ずっと座ってたんだし。道混んでるし、タクシーだと高くなるよ」

出帆の言葉に、理人は頑《かたく》なに拒否したりはしなかった。すぐに階段を下り始める。

帰宅ラッシュが過ぎたばかりなのか、車内は混んでいるものの立つのも難儀するというほどではなかった。ぴったりとくっついていても不自然でないのをいいことに、至近距離で目を合わせる。

堂々としてしまえば、親子でも兄弟でもない年齢差の二人が親しげにしていても、誰も気に留めない。変なパーティのせいでおかしな度胸だけついてしまったのだろうかと内心で自分に呆れつつ、出帆は理人に笑いかけた。ほんの二駅ほど揺られると、すぐに理人のマンションの最寄《もよ》り駅に到着する。

階段を上がり、マンションまでの僅かな道のりをのんびり歩きながら、出帆は理人に話しかけた。

「面白かったね」

「まぁな。……映画館、久しぶりに行った」

「たまには外に出なよ。とはいえ、実は俺も久しぶり」

映画は贅沢《ぜいたく》品だと笑って、ぼやく。

「女の子はいいよなー、レディースデーとかあってさ」

「お前だって学割があるだろ」

「まぁそうなんだけど」

当たり前のように二人分払おうとしたときの理人を思い出し、出帆は肩を震わせた。学生証を出すと、そうだった……と言いたげな顔をされて、ちょっと可愛いと思ったのだ。

チケット代は割り勘にしてもらったが、大きな紙コップに入ったポップコーンとドリンクは買ってもらった。薄暗い中で一つの紙コップから二人で食べて、たまに手が触れ合うと目を合わせたりして。

楽しかったと息をついて、出帆はコンシェルジュの前を通り過ぎた。エレベーターに乗り込み、二人だけになると、理人が腰を引き寄せてくる。当たり前のようにそれに応え、キスを交わして、ようやく口唇が離れたのは箱が三十四階に到着してからだった。

「……」

額をくっつけ、なんだか妙に照れてしまい、出帆は濡れた口唇を引き結んだ。理人の腕からすり抜けるように、先にエレベーターから降りる。

しかし、目の前のアルコーブに人が立っているのに気づき、出帆は思わず息を飲んだ。

「……お帰り」

呆れた表情で言ったのは、鈴木《すずき》だった。出帆にではなく、遅れてエレベーターから出てきた理人に告げ、肩を竦める。

「珍しいな、外出なんて」

「ちょっとな。連絡くれればよかったのに」

「いや。俺も今来たところだから」

少し待って帰ってこないようだったら出直そうと思っていたし、と言い、鈴木はドアを押さえている理人に促されて部屋に上がった。出帆が躊躇していると、理人が早く上がれと顎をしゃくる。

躊躇いがちに玄関で靴を脱ぎながら、出帆は勝手知ったる様子でリビングに向かう鈴木に聞こえないよう、小声で尋ねた。

「会社の話なんじゃないの？　俺、外で時間潰してくるけど……」

「構わない。用件はわかっている」

あっさりと言い、理人はドアを閉めた。出帆を連れてリビングに入る。

まだいるのかと言いたげな鈴木の視線が痛くて、出帆はオープンキッチンのコーヒーメーカーに近づいた理人に言った。

「俺がコーヒー淹《い》れるよ」

出帆の申し出を、理人は拒否しなかった。そうかとだけ言い、ソファに向かう。

二人は静かに話し込んでいて、出帆には殆《ほとん》ど聞き取ることができなかった。コーヒーメーカーのドリップ音が響いていたせいもあるし――羞恥で頭に血が上っていたからだった。

エレベーターの扉が開いてからはこれ見よがしにべたべたしていたわけではないが、降りたばかりの自分たちを眺める鈴木の眼差しを思い出せば、何か醸《かも》し出していたのは間違いない。以前、もっと真っ当に生きろと諭されたことを思い出し、居たたまれなくなる。

――有坂《ありさか》は、誰にも本気にならないよ。

鈴木の台詞が耳許を過る。そうかもしれないと思う一方で、自分は違うと信じたいのも真実だ。

理人の右手には包帯が巻かれたまま。曖昧にしてしまった期限はまだ来ていない。

もし怪我が治ったら、理人は何を言うだろうか。

「……」

先のことを考えて、勝手に想像しても仕方がないと自分に言い聞かせ、出帆はカップボードの扉を開けた。どれを使っていいのかわからないので、適当に来客用っぽいものを選び、出来上がったコーヒーを注ぐ。

トレーに載せてそろそろと運び、ローテーブルに並べて——そのとき、思いもしない言葉が鈴木の口から出て、びっくりした出帆は弾かれたように顔を上げた。

「引き継ぎが終わったら、もう出社はしない。月末までは有給ということにしてくれないか」

「……わかった」

「月末までは、何かあれば電話くれれば。自宅にいる」

不穏な話に出帆は思わず手を止めたが、理人も鈴木も眼中にないようだった。鈴木は神妙な顔で理人を見つめ、理人は無表情で包帯を弄っている。

「いろいろ影響が出たら、ごめん。後任は松浦《まつうら》だし、たぶん問題ないと思うけど」

「……ああ」

「二、三日中に社に来てくれないかな」

「わかった」

固まっている出帆の視線の先で、理人は落ち着いた声で鈴木に問いかけた。

「本当に、辞めるのか」

その問いに、鈴木はしばらく黙っていた。やがて小さく、けれどはっきりと頷《うなず》く。

「辞める」

「……そうか。再就職のあては？」

「今は何も。月末まではのんびりしようかと思って」

「そう。……いいかもな」

「貧乏性だから、お前みたいに優雅に時間が使えなくて、持て余しそうな気がするけど」

そこでようやく二人は視線を合わせ、同時に苦笑した。間に生まれたのはとても親密な空気なのに、話の内容はどうやら鈴木の退職についてのようだった。

呆然《ぼうぜん》としている出帆を初めて見て、鈴木が立ち上がる。

「せっかく淹れてくれたのに悪い。帰るよ」

「……鈴木さん」

「じゃあ、有坂」

鈴木の挨拶《あいさつ》に、理人は軽く手を上げただけだった。慌《あわただ》しく二人を見比べ、出帆はトレーをローテーブルに置いて玄関まで見送りに行く。

革靴を履いていた鈴木は出帆に気づいて顔を上げ、困惑した表情で言った。

「いいよ、見送りに来なくても」

「いえ、……」

「それじゃ。――君もいい加減、自分の家に帰って」

諭すように出帆の腕を軽く叩き、鈴木はそのまま出て行ってしまった。ゆっくりと閉まっていくドアを呆然と見つめ、出帆は戸惑うばかりだった。

二人の様子や漏れ聞いた話からすると、鈴木の退職はいきなり今日切り出されたものではないのだろう。ただ、理人が一度も引き留める言葉を口にしなかったのが引っかかった。こうなった理由を知る術《すべ》はないが、このままではいけないような気がした。

初対面のときから蔑視《べっし》されているのは気づいていても、出帆には鈴木が悪い人には見えなかった。真っ当な暮らしをしろ、家に帰れと事あるごとに窘めるのは、悪い遊びに耽《ふけ》っているように見える理人を案じてのことだろうし、若いからこその無謀さで自己をすり減らしているように見える出帆を心配してのものに相違ない。

ドアがぴたりと閉まった瞬間、出帆は我に返った。リビングに駆け戻り、声を張り上げる。

「理人さんっ」

理人はちらりとこちらを見てくれたが、またすぐに大きなガラス窓へと視線を投げた。微動だにせず、都心の夜景を眺めている。

華やかだけれどどこか寂しい光の渦を見つめている理人に、出帆は重ねて声をかけた。

「何やってんだよ！　追いかけないと」

「……追いかけて、どうするんだ」

「説得するんだよ。理人さん、どうして鈴木さんを引き留めなかったんだよ⁉　あれじゃほんとに会社を辞めちゃうよ……っ」

「……」

「今ならまだ間に合うよ。――理人さん！」

けれど、どれだけ呼んでも理人が動くことはなかった。焦れて、出帆は理人を放って玄関に向かう。

慌しく靴を履き、廊下を突っ走るとエレベーターに乗った。鈴木が車で来ていたら間に合わないが、そうでないなら捕まえられるかもしれない。自分が行ってどうなるのかということも考えずに、出帆は一階に到着したエレベーターから飛び出す。

「今――今、男の人が出て行きませんでしたか？　ベージュっぽいスーツ着てて、ちょっとメタボな」

「え、ええ」

出帆の勢いに恐れをなしたのか、コンシェルジュはやや引き気味ながらも頷いてくれた。短く礼を言い、出帆はエントランスを駆け抜ける。駐車場のある地下ではなく一階から出て行ったのなら、歩いて地下鉄の駅に向かった可能性が高い。

追いつけるかもしれないと、出帆は全力疾走した。ほんの一分ほどで地下鉄に続く下り階段が見えてきて、祈る気持ちで覗き込む。

ベージュのスーツ姿が階段を下りているのを目撃して、出帆は衆人環視の中配慮も何もなく、大声で名前を呼んだ。

「鈴木さん！」

「……？」

「鈴木さん――」

立ち止まり、怪訝《けげん》な顔で上を見上げた鈴木を認め、出帆は階段を駆け下りた。なんだ君はと言いたげな顔の鈴木の前で膝に手をついて、大きく息を吐き出したのだ。

ウェイトレスがコーヒーカップを置くかちゃんという音に、出帆は顔を上げた。向かいの鈴木を見れば、苦い表情だ。それも当然だろう、大声で呼び止められて話をしたいと強引に言われて、そのくせ喫茶店に入ったら沈黙しているのだから。

理人と鈴木の会話をほんの掻い摘んで聞いただけの出帆には、二人の詳しい事情や双方の本音などがわからない。それでも思わず出てきてしまったのは、理人から鈴木が去ってしまってはいけないのではと、何か本能のようなもので感じたからだ。

「すみ……ません」

憮然としている鈴木におずおずと謝ると、鈴木はコーヒーには手をつけずに渋面のまま口を開く。

「話って？」

「話……」

どう切り出したものかと悩み、出帆はぐるぐるする頭の中で言葉を整理しようとした。しかし、なにぶん情報が少なすぎて、何をどう切り出せばいいのか浮かんでこない。

しかし——埒《らち》が明かないと言いたげに嘆息した鈴木が立ち上がりかけたのを見て、慌てて口を開く。

「鈴木さんと理人さんは、大学時代からの友達なんですか?」

咄嗟《とっさ》に口をついて出てきたのは、なんとも間抜けな質問だった。鈴木も面食らったようで、一瞬動きが止まる。

それで立ち上がる機を逸したのか、鈴木はため息混じりに椅子《いす》に座り直し、頷いた。

「そうだけど」

「理人さんは、大学在学中に今の会社を作ったんですよね。……鈴木さんも、そのとき一緒に起業されたんですか」

「そうだよ。そのときは今の社じゃなくて、違う名前のもっと小さい会社。あれからいろいろあって、今の社に」

淡々と喋《しゃべ》り、鈴木はようやくカップに手を伸ばした。

「いろいろ?」

「合併したり買収したり。——いろんなことがあった」

そう言ったとき、鈴木の表情がふと懐かしそうなものに変わる。けれどそれは一瞬で、すぐに彼は元の表情になり、黙ってカップに口をつけた。

理人に話をしたときの様子から、鈴木の決意は固いように見えた。けれど今の刹那の表情を見ると、もしかしたらまだ迷いや悩みがあるのだろうかと思える。

口唇を舐め、ごちゃごちゃしている頭の中から秩序《ちつじょ》立てて言葉を選ぶのを諦《あきら》めて、出帆は思いつくままに質問した。

「ずっと、一緒だったんですか？　会社がどんどん大きくなっていく間……」

「一緒だったよ。起業当時のメンバーは抜けていったけど、僕と有坂はずっと」

「抜けていったのって、どうして」

「そりゃあ、起業して十年もすれば人間関係でもいろんなことがあるよ」

肩を竦め、鈴木はようやく笑顔になった。どこか複雑なその笑みは、見ている出帆が笑みを返そうとしても憚《はばか》られるような雰囲気だった。

出帆をじっと見つめ、鈴木が尋ねた。

「どうしてそんなことを聞く？　君は有坂が買った遊び相手だろ？」

その言葉に目を丸くして、次に出帆は俯いた。傍《はた》から見れば、確かにそうなのだろうと思った。

確かに、欲が出て変な賭けに乗ってこんなことになってしまったのだから、同じかもしれない。

でも、今は違うと思うのだ。

彼と自分の関係は、ただ損得だけを考えているものではないのだと、そう信じてる。

首を振り、出帆は顔を上げて鈴木に視線を合わせる。

「違います」

「だって、そういう関係なんだろう？　日がな一日あの部屋に籠《こ》もって、二人きりで」

「た……確かにそうともいえるけど、別にずっと籠もってるわけじゃないです。俺が大学行ってる間は別行動だし」

「大学？」

眉を寄せ、鈴木は意外そうに言った。

「きちんと通ってるのか」

「もちろんです。講義がない日だって、夕飯の材料買うのにどっちみち出ないとならないから、籠もりっきりってわけじゃ」

「夕飯？」

愛欲に爛《ただ》れた日々を送っているわけではないというつもりで言ったのだが、鈴木は別の単語に反応する。

「君が作るのか」

「いえ、二人で。理人さんは料理上手いし、あの人が一人でやった方が早いんだろうけど」

「……。どんなものを作るんだ」

「鍋《なべ》……が、多いかな。あと豚肉のしょうが焼きと、カレーと、炒飯《チャーハン》と……」

一つずつ思い出しながら挙げていった出帆は、鈴木の訝《いぶか》しげな顔に気づいて口を噤《つぐ》んだ。あの部屋で食べるメニューじゃないと、呆れているのかもしれない。

小さくなっている出帆に、鈴木はふと思い出したように言う。

「そういえば、さっき帰ってきたときも――映画かどこかに行ってた？」

「あ、はい」

「……ほかにもどこか行った？」

「あとは……ゲームセンターとか、水族館とか……」

挙げていくたびに、胸に降り積もる寂寥《せきりょう》感。想い出が一つずつ増えるごとに、別れの瞬間は近づいている。

鈴木はしばらく出帆を眺め、それから心底わからないと言いたげに質問した。

「君たちは、いったいどういう関係なんだ」

改めて問われて、出帆は少し考える。

理人のことは好きだし、たぶん彼も――一緒に寝るくらいは好きでいてくれるのだろうけれど、今の関係は恋人同士というには違う。

「……友達です」

言った瞬間、鈴木は目を見開いた。まじまじと出帆を眺めたあと、噴き出す。

「と、友達っていうのも変か。でも――」

「……っ、いいよもう」

手を振って出帆を遮り、鈴木はしばらく肩を震わせていた。ひと回りも年の離れた社会人と大学生、友達と言われても信じられないのはわかる。それでも恋人だと言うのは憚られた。

その原因が何なのか、朧気《おぼろげ》にわかっている。自分たちの間には、温度差がある。最初反発していた分、今は身も心も溺れている自分と比べて、理人はそうでもないだろう。期限が来れば、二人で過ごした濃密な二週間も、彼がこれまで経験してきた幾多のアバンチュールの一つになる気がする。

「……」

心持ち目を伏せた出帆とは逆に、鈴木は今のやり取りで出帆に抱いていた不快感が薄れたらしく、ゆっくりと話し出した。

「俺と有坂は同じ大学で、同じサークルに入ってた。『企業研究会』ってサークル」

「……そんなサークルが」

「デイトレードが身近になった今なら、もっとあるんじゃないかな。それこそ、君が通っている大学でも。俺たちはIT系企業に絞って研究したり株価の推移を分析したり、そんなことやってたけど、今はもっと進歩してると思う」

「……」

「そのサークルの中で、有坂は目立ってた。なんていうのかな……見た目は確かに俺たちと同じ大学生なんだけど、同年代とは思えないところがあって。——それなりの大学だったし、みんな頭はよかったけど、有坂はそれだけじゃなかった。サークルのメンバーで、研究と趣味と実益を兼ねて株をやったりもしてたけど、有坂は抜群のセンスがあった。思い切りがいいんだ。博打《ばくち》を打てる度胸があって、我慢することもできて、そういうところが二十歳そこそこの俺たちとは違ってた。それなのに、普段の飲み会なんかじゃ年相応の馬鹿もやる。有坂は……一言で言うなら、すごく魅力的だった」

「魅力的……」

「異性の視点からっていう意味じゃなくて、何ていうのかな……カリスマってこういう奴のことを言うんだって思ったよ。男も女も、自然に有坂に注目するんだ。有坂がそう判断したならきっとそれが正しい、そう思わせる強気な何かがあるんだよ。本人はいたって自然体なのに、周りが勝手に熱くなって」

遠い目をして呟いた鈴木に、出帆は大学時代の理人を頭の中で思い描いてみる。

ざっくばらんで、クールなあの笑顔ももう少し瑞々《みずみず》しくて。何でも器用にやってしまって、ピンチだってあっさり切り抜けて。

どんなことでもできるのは、年を重ねて経験を積んできたからだけではなかったのだ。同い年の鈴木の目から見ても成熟していたということは、きっと生まれつきなのだろう。

「……なんか、想像できます」

出帆が言うと、鈴木は目を伏せて苦笑した。

「できすぎる有坂を嫌う奴もいたけど、熱狂的に支持する奴の方が圧倒的に多かった。そのうち、サークルの中でもとりわけ親しい数人が集まって、自分たちの新しいサークルを立ち上げようって話になって」

「……はい」

「たった五人でサークル始めて、有坂を中心にいろんなことしたよ。みんなパソコンが趣味みたいなもんだったから、データ見やすいようにいろいろ使えそうなプログラム組んで――そのうち、メンバーの一人が作ったプログラムを、改良して売り込もうって話が出た」

「……」

「そんな話が出たのも、有坂がいたからだと思う。こいつと一緒にいればきっと上手く行く、そんな雰囲気がサークルの中に満ちてた。みんなで資金を持ち寄って、足りない分はメンバーの親父さんから借りて、それで起業したんだ」

小さく息をつき、鈴木は真剣に聞いている出帆に言う。

「有坂は、自分が引っ張っていくタイプじゃない。饒舌《じょうぜつ》な方でもないし、我を張るなんて絶対にしない。でも、気がつくといつも中心になってて――みんなが有坂の一挙手一投足《いっきょしゅいっとうそく》に注目するんだ。……それが、顔色を窺《うかが》ったり媚《こび》を売ったりするようになるまで、そんなに時間はかからなかった」

「……」

「みんな同い年で、仲もいいけれど、誰も有坂と対等じゃなかった」

ぽつんと呟いた鈴木に、出帆は何も言えなかった。頭の中に、初めて理人を認識してからの彼の様々な姿が浮かぶ。

姿勢のいい立ち姿、ただそこにいるだけで目を引く容姿。頭がよくて何でもできて、寄せられる秋波にもつれない素振りで。

冷ややかな印象なのに、礼を言ってくれた。奇妙な熱気に満ち、非日常的な秘密のパーティルーム。みんな目先のことに夢中で、誰もが裏方を無視するあの場所で、物怖じせず普段どおり振る舞えるのが理人だった。

彼を取り巻いていた女の子たちの顔が、次々と脳裏に過る。頬を紅潮させて話しかける彼女たちとは裏腹に、理人はいつだって冷静だった。取り繕ったりせず自然体で、女性に囲まれる自分を一歩引いたところから眺めているような醒めた様子が印象に残っている。

何でもできるねと感心した眼差しを向けても、普通に返されたことを思い出す。鼻にかけるでも、過剰に謙遜《けんそん》するでもなく、自然体で応えた理人。自分が様々なことを労せずこなしてしまえることも、他人は必ずしもそうではないことも、彼自身がいちばんよく知っているのだろう。

万能ぶりを特に隠すことがなかった理人は、他人のすることにけちをつけることもなかった。

自分が作った拙い料理を、美味しいと言って残さず食べてくれた姿が過る。

「……理人さんは、対等なつもりだったんじゃないかな」

小さく呟いた出帆に、鈴木は苦笑いとともに、わかってないなと言いたげに首を振った。

「そうだよ。みんなもそれはわかってる。でも、駄目なんだ」

「……どうして」

「あんな奴の隣に対等に並んでると思うほど、みんな鈍感でも馬鹿でもないよ。どんなに頭がよかろうと顔がよかろうと、傍《そば》にいるだけでなんとなく劣等感が込み上げてくる」

「……」

「あいつの周りに残る人間は、決まってるんだ。早い段階で劣等感を認めて割り切るか、一切羨まずにただ心酔するか、何も感じない鈍感か。対等になろうとした奴は、絶対に残らない」

鈴木の話に、出帆は黙って目を伏せた。彼の言わんとすることはわかるが、共感はできなかった。

損得勘定抜きで、馬鹿をやったり同じ目標を目指したり。社会人ならともかく、学生時代の友人はそういうものではないのだろうか。

事実、出帆の身の周りには対等な友人しかいない。たくさんの同級生の中で自然に残った、価値観が似ている友人たちだ。他愛ない話をして、ときには助け合い、楽しい時間を過ごす。それだけで充分で、それ以上も以下も望んではいない。

理人もきっと、そうだったのではないだろうか。周りがどう思おうと、普段どおり接してくれる友人を求めていたはずだ。

「……鈴木さん、ほんとに辞めちゃうんですか」

ぽつんと呟いた出帆に、鈴木は困ったように笑った。

「そう。有坂とは学生時代からの付き合いで、ずいぶん長い間一緒にいたけど――」

「それなら」

「でも、もう無理なんだ」

出帆を遮り、鈴木は懐かしそうに遠くを見るような目で言う。

「あいつと俺は違うって、割り切ってたつもりなんだけどな。でも、たまに俺って何だろうと思うときがあるよ。あいつの傍にいれば絶対に成功するだろうけど、そこに俺の力はあったんだろうかって」

「あるよ。あるから、会社も大きくなって――」

「有坂が大きくしたんだよ」

きっぱりと言い切って、鈴木は続けた。

「有坂は俺のことがわかってる。だからあんな若さでセミリタイアして、だらだらと隠遁《いんとん》生活を送ってるんだ。対外的に名前が必要だから肩書きは社長のままだけれど、月に数回、外せない会議があるとき以外は顔を出さずに俺に社の運営を委ねてね」

「……そんな」

贅沢で優雅な生活の舞台裏がわかって、出帆は緩慢に首を振った。胸が痛くてたまらなかった。

鈴木が伝票に手を伸ばす。立ち上がり、出帆を見下ろして、鈴木はしばしの沈黙のあと、苦い笑みを口許に浮かべた。

「有坂のことは、いい友人だと思ってる。俺の自慢の友人だよ。でも、これ以上あいつの傍にいると、俺はきっと駄目になる」

「……鈴木さん」

「有坂に、よろしく伝えて」

そう言い残して立ち去りかけ、鈴木は思い出したように足を止めた。座ったままの出帆の顔をまじまじと眺め、首を傾《かし》げる。

「君、少し変わってるね」

「えっ？　お、俺がですか」

変わっていると言われたことなど、これまで一度もない。特に、あのパーティに行くようになってからは、つくづく自分は平凡だと痛感していたのだ、鈴木の言葉は意外だった。

目を細めて出帆を眺め、鈴木は楽しそうに問いかける。

「有坂の前でも、そんな感じなの？」

「……」

「あいつが誰かとカレーを作ったり、混雑した映画館やゲームセンターに行くなんて、ちょっと想像できないな」

どう答えたらいいのかわからず出帆は言葉に詰まったが、鈴木は別に返事を期待していなかったようだ。笑みをいっそう苦くして出帆を見つめ、それから踵《きびす》を返して店を出て行く。

鈴木の姿が完全に見えなくなっても、出帆はしばらく席を立つことはできなかった。ようやく席を立ったのは、優に十分は過ぎた頃だった。

のろのろとマンションに戻ると、理人は出帆が出て行ったときと同じように、窓の外を眺めていた。ただ、ローテーブルにウィスキーのボトルが置いてあり、飲み始めていた。

出帆が帰ってきたことには気づいているのに、理人は振り返りもしなければお帰りとも言わない。

「……理人さん」

声をかけるとやっと振り返ってくれたが、相変わらずの無表情だった。大学時代から苦楽をともにしてきた友人と袂《たもと》を分かったというのに、何の感情も浮かべていない。

どうしてそんなに醒めているのだろうともどかしくなり、出帆は怒気を孕《はら》んだ声で言った。

「俺が鈴木さんと何話したか、なんで聞かないんだよ」

出帆の質問に、理人は肩を竦めた。ウィスキーのボトルを手に取り、ロックグラスに注ぎ足す。

つかつかと近寄ってその手からグラスを引ったくり、出帆は重ねて責めた。

「どうして引き留めなかったんだよ！　大事な友達なんだろ。ずっと一緒に会社を育ててきたんだろ⁉　どうして」

しかし、理人は何も言わなかった。やがて出帆が黙り込むと、一言だけ告げる。

「お前には関係のない話だ」

「……理人さん」

「もう寝ろ」

取り付く島もない態度に、出帆は口唇を嚙んだ。確かに部外者で学生の自分がしゃしゃり出る話ではないし、鈴木が語ったことを思えば、理人だけを責めるのもお門違《かどちが》いだ。でも、何か言わずにはいられない。なのに気の利いた台詞一つ出てこない。

以前、この部屋に友人を招かないのか尋ねたときのことが蘇り、胸が痛くなった。

「……寝るんだ」

半ば命じるように言われ、出帆は従うしかなかった。シャワーを浴び、寝室に入って、ベッドの端で横になった。

けれど、その晩理人は寝室に来なかった。

まんじりともせず待っている出帆の存在を忘れたかのように、寝室のドアは一度も開かなかったのだ。

＊

翌朝、一睡もできなかった出帆がリビングに行くと、ホームバーのカウンターにウィスキーのボトルが出ていた。持ち上げて振ってみて、空だとわかって静かに置く。

グラスの中には薄い色の液体がほんの少し残っていて、アイスペールの氷はすっかり融《と》けて水になっていた。どうやら、理人は一晩中飲んでいたようだ。

理人はどこにいるのだろうとうろうろ探していた出帆は、バスルームから水音が響いたのに気づきほっとした。理人に声はかけずに洗面所で身嗜《みだしな》みを整え、リビングに戻る。

ベッドの中でも考えていたが、間違いなく、昨晩の自分は言い過ぎた。理人と鈴木の二人に対し、こちらは完全な部外者だ。よく知りもしないのに出すぎたことを言ったのは、明らかだった。でも、どうしてあんなことを言ったのか、それは理人にもわかってほしいのだ。

どう見ても持て余している膨大な時間、一人には大きすぎるマンションの部屋。財産を持ちすぎた今は、普通の友人を作ることはとても難しいのだろう。苦楽をともにし、ときには馬鹿騒ぎもした学生時代からの友人が理不尽な理由で一人ずついなくなったのは、想像するだけで胸が痛かった。

最後の一人が去ろうとしているのを見過ごすことができなかったのは、好きだからだ。好きだから、毎日楽しく過ごしてほしい。幸せな生活を送ってほしいだけなのに。

理人と顔を合わせたら、まず謝ろうと思った。謝って、それから自分の気持ちを伝えたい。理人の考えも聞いて、もし彼が鈴木と今後も友情を育《はぐく》んでいきたいと思っているなら相談に乗るし、友情は終わりだと思い切っているのなら、自分が友達として傍にいたい。

とはいえ、こちらはひと回りも年下の学生。相談に乗ることも、友人になることも、あまりできそうにはないけれど。

でも、できるかどうかではなく少なくともそうありたいと願っていることは伝えたいと思い、出帆は理人が出てくるまでソファで待った。しばらくしてバスローブ姿の理人が現れると、すぐに立ち上がる。

「あの、昨日はごめ……」

「起きたのか」

開口一番謝ろうとした出帆を遮り、理人は寝室に行ってしまった。やがてラフな服装で出てくると、冷蔵庫を開けながら言う。

「今日の予定は?」

「大学は昼から。今日はゼミの日だから、六時に終わる」

「そう」

端的に言い、理人はペットボトルの水をグラスに移して飲んだ。それからペーパーフィルターを出し、コーヒーメーカーをセットする。

煩いドリップ音が止《や》んでから、出帆はダイニングテーブルに近づき、口を開いた。

「話があるんだ」

無言で振り返った理人に、出帆は椅子を引きながら言う。

「昨日はごめん。俺、言い過ぎた」

「……」

「鈴木さんとのことは、俺が口を出していい問題じゃなかったと思う。……ごめんなさい」

頷くような仕種《しぐさ》になったが、小さく頭を下げた出帆に、理人は何も言わなかった。しばらく眺めたあと、シンプルな二つのカップにできたばかりのコーヒーを注ぐ。

カウンターを回り、理人が差し出したカップを受け取って、出帆はそのまま向かいに座った理人に話しかけた。

「なんであそこまで言ったのかは……理人さんにとって、鈴木さんが大事な友達なんじゃないかって思ったから」

しかし、何度も頭の中でシミュレーションしたとおりに話し出した出帆は、手を上げた理人に遮られる。

「……？」

「昨日の話はもういい。終わったことだ」

「終わってないよ」

「終わってる。俺も鈴木も納得しているし、お前は無関係だ」

「無関係、という言葉に胸がずきんとしたが、出帆は首を振った。確かにそのとおりだ。でも、そのとおりだとわかっていても、伝えたい言葉がある。

「聞いてよ理人さん、俺は――」

言いかけた出帆は、理人が自分の口唇に人差し指を当てたのに黙り込んだ。爽やかな朝のダイニングテーブルに、しばし沈黙が落ちる。

やがて、カップを両手で包み込んでいる出帆を見つめ、理人が切り出した。

「俺からも話がある」

「……何？」

「これのことだ」

包帯のついた左手を見せられた瞬間――全身の血の気が引いていくのがわかった。

理人と鈴木のことばかり心配していたが、もっと気にしなければならないことがあったのに。

奇妙な同居、約束は怪我が治るまで――。

「……理人さん」

自分の声がやけに掠れているのを感じ、出帆は口唇を舐めた。けれど、理人はまったく動揺した素振りを見せず、淡々と言った。

「そろそろ治ると思う。これまで家事を手伝ってもらったが、もう必要ない」

「手伝ったなんて」

首を振り、出帆は表情を歪《ゆが》めた。

「何言ってんだよ。俺がやったことなんて、何にもないじゃん。手伝いなんてした覚えない！」

喋っているうちにどんどん気分が昂《たかぶ》ってきて、最後は声が大きくなった出帆を眺め、理人は落ち着いた口調で言う。

「バカンスは終わりだ」

「――……」

にべもなく遮られ、出帆は呆然と口唇を震わせた。まじまじとその眸を見つめたが、初めて見かけたときと同様のクールな眼差しからは何の感情も読み取れず、ただ困惑することしかできなかった。

「なんで、どうして理人さ――」

立ち上がり、ダイニングテーブルに手をついて、出帆は口唇を震わせる。

「俺が出すぎたこと言ったから？　よく知らない会社のこととか、鈴木さんのこととか持ち出して、責めるようなこと言ったから？」

「そうじゃない。ただお前と過ごす時間は終わっただけの話だ」

「違うよ、そんなの嘘だろ！　俺が勝手なこと言ったから怒ってんだろっ」

怒鳴って、テーブルについた手を震わせた。

「でも俺、謝らないよ。間違ったことは言ってないと思う。友達も恋人も、お互い努力しないと続かないものだと思ってるから」

「……」

「社会も知らない学生が生意気なこと言うなって、そう怒ってるんだろ？　でも、今の俺はそう思ってる。社会に出たら考えが変わるのかもしれないけど、今はそう思ってる。――違うと思うんなら、反論しろよ！」

言い募り、出帆はいつしか涙声になっていることに気づきながら、切々と告げた。

「理人さんは賢いし、いろんなことがわかるんだろ。でも、相手はそうじゃないかもしれないじゃないか。今だってそうだよ。何を思ってるのか、俺に教えてよ」

「……」

「俺の言うことにも一理あるとか、甘いだけだとか、何でもいいよ。喧嘩になったっていい。何も言わないで、自分だけ納得して終わりだなんて、そんなのよりよっぽどいい。……教えてよ……」

最後の方は弱々しく呟いて、出帆は火照り始めた頬に手の甲を押し当てた。無反応の理人を前にしていると、自分だけ熱くなっているのが馬鹿みたいだ。思えば、最初からそうだった。

衆人環視の中での賭けに舞い上がって失敗し、男同士はありえないと散々突っ撥ねた挙げ句陥落し、今もこうして届かない言葉を語る。すべてが一方的なのだろうかと感じた瞬間、この部屋で過ごした二週間が急に色褪《いろあ》せて見えた。

好きになったのも、平凡な自分には無縁のはずだったいろんなことを体験したのも、同性で抱き合ったのだって。すべては夢や幻だったのかもしれないと思った刹那、床が突然消え失せたような不安に襲われる。

それは、とても意外な感覚だった。

『有坂は、誰にも本気にならないよ』

鈴木の言葉を信じたのではなく、出帆自身がうっすらとそれを予感していた。自分とのアバンチュールは、いずれ理人の過去の一つになる。その覚悟はちゃんとできていて——ただ、ありえないと思っていた恋に身を焦がした自分の記憶は、決して陽炎《かげろう》ではないと確信していたのに。

曖昧ではあったものの期限は区切ってあったのに、相思相愛になれば消滅する期限だと心のどこかで思っていた。その反面、いつ帰れと言われるか不安を覚えていたことは嘘じゃない。矛《む》盾《じゅん》していることは自覚していたが、目を背けていた。二人で過ごす時間に夢中で、それ以外のことは考えたくなかったのだ。

——出帆には永遠とも思える長い沈黙のあと、理人がふっと笑った。優しい笑みだった。

涙目でかぶりを振った出帆に、理人は出帆とは正反対の落ち着いた声で言う。

「お前らしい台詞だな。だから俺は、楽しかった」

「だったら——」

「バカンスはもう終わりだ、出帆」

再度告げられた言葉に、出帆はこれ以上何も言うことはできなかった。ただ俯き、その場に立ち尽くす。

視線を巡らせると、グラスやボトルが整然と並んだホームバーが茫洋とした視界に映った。

初めて見たときは驚いたインテリアを今では普通に見られることだけが、この二週間が本当にあった出来事なのだと教えてくれたが、ただそれだけだった。


たった二週間不在にしていただけなのに、木造二階建てのボロいアパートは、ひどく懐かしいものだった。通学に使っているバッグから鍵を取り出し、ドアを開けて、出帆はむっと籠もった空気に顔を顰《ひそ》める。

ただいまと言っても出迎えてくれる人もない部屋に上がり、窓を開けた。こんなボロアパート、泥棒すら狙わないだろうと玄関ドアも開けっ放しで、しばし空気を入れ替える。

根っからの庶民体質だとつくづく感じたのは、あんな豪華な生活を二週間近くも送っていたというのに、アパートに帰ってものの五分もすればすっかり馴染んでしまったことだ。ここが自分のフィールドだと痛感し、同時に理人のマンションでの暮らしが夢のように思え、胸がつきんと痛んだ。

夢は、すぐに薄れてしまう。時間が経てば経つほど思い出すのが難しくなって、そのうち輪郭《りんかく》が朧気に残るだけになってしまう。

とにかく荷解きでもして身体を動かそう、と自分が持ってきた物を見た出帆は、みすぼらしいバッグに折り重なるようにして置いたガバメントケースから目が逸らせなくなった。

そっと近寄り、ケースを引き寄せる。ゆっくりとファスナーを開けて中身を取り出してみれば、あの晩一度だけ着たスーツが現れた。無理やり着せられ、着せた当人の手で脱がされた、マスカレードの会場に紛《まぎ》れ込むためのスーツ。

部屋を出てくるとき、理人が持たせたものだった。いらないと突っ撥ねたかったが、できなかったのは、自分が出て行ったあと不要になるだろうこれを理人がどうするか想像するのが嫌だったからだ。

日に焼けた畳の上で広げたスーツはいかにもこの部屋から浮いていて、気持ちは沈んでいるのにあまりのミスマッチに思わず噴き出してしまう。

「……」

光沢のあるなめらかな生地をそっと撫で、出帆はどうすべきかと考え込んだ。

過去の恋人——と言っていいのかどうかはわからないが、そういう相手からもらったものを後生大事に取っておくのは女々しい気がした。でも、これはそう簡単に捨てられるものではない。値段を知っているから、なおさらだ。

取っておいて、兄か姉の結婚式にでも着ようか。でもこんなものを着ていったら、家族全員大騒ぎだ。どうやって買ったんだと突っ込まれて藪蛇《やぶへび》になりそうな気がする。

目を丸くしている家族の顔を思い描き、肩を震わせて……笑みはだんだん苦いものになり、やがて、出帆は口唇を引き結んだ。油断すると、みっともなく泣いてしまいそうだった。

意地でも泣くかと眉を寄せ、泡沫《うたかた》の夢となった暮らしの唯一の証拠品を眺める。

とりあえず、しばらくはこのスーツを見たくない。目につかないところにしまい込んで、いつか記憶が風化したときに記念品として出して、心が痛まないようだったらそのときどうするか考えようと決める。

押し入れを開け、自分で突っ張り棒を渡した即席クローゼットに掛けようとした出帆は、ふと変な感触に手を止めた。スーツを下ろし、内ポケットを探る。

中から出てきた封筒に、手が震えた。

「――……」

糊《のり》付けされていない封を開けて覗くと、一万円札が数枚見えた。理人との暮らしが金で換算された気になって頭に血が上ったが、出してみて数えた金額に口唇が震える。

きっちり十二万円――中途半端な枚数は、出帆がアパートの更新料として必要だった金額とぴったり合致していた。

これをこっそり忍ばせた理人の真意はわからない。でも、一緒に過ごした時間も男に抱かれた事実も、金で代償を支払われたというのではない気がした。すべてが金で解決できないことを、理人が理解していることは知っている。鈴木を失った場面を見た今は、なおのこと。

きっと、彼も楽しんでくれたのだ。同居していた間、アルバイトを殆ど休んでしまった出帆を知っていたから、慣れない賭けに乗ってしまうほど欲しがっていたものを贈ってくれたのだ。あのとき服をねだっていたら服を、ゲームを希望していたらゲームを持たせてくれたに違いない。

そう思わないと、つらすぎる。

――そろそろ高くなる陽が狭い部屋を照らす中、出帆はしばらく封筒を手にしたまま、脳裏いっぱいに浮かぶ理人との想い出を噛み締めたのだった。

＊

教授が出て行くと、途端に騒がしくなった。少人数のゼミの教室でバッグにペンケースを放り込み、出帆は枡居の席に行く。

「帰る？」

「ん。ちょっと待って」

本日発表だった枡居が大量のプリントをしまっているのを待ちながら、出帆はぼんやりとホワイトボードを眺める。

早いもので、理人の部屋を出てから十日ほどが過ぎていた。その間、毎日はびっくりするくらい穏やかに過ぎていった。朝起きて大学に向かい、財布と相談しながら友人と楽しく昼食をとり、アルバイトも復帰して。

「……？」

女の子が二人寄ってきたのに気づき、出帆は首を傾げた。同じゼミの生徒だが、これまであまり喋ったことがない。

枡居に用かと思っていると、二人のうち一人が出帆に話しかけてくる。

「佐野くん、もう帰るの？」

「うん。何？」

「あたしたち、これから夕飯食べに行くんだけど。佐野くんと枡居くんも一緒に行かない？」

誘われて、出帆は面食らってしまった。女性の方から誘われたのは初めてだ。これまで付き合ったことのある彼女はみんな、どきどきしながら出帆から誘うばかりだった。

嬉しかったし、ゼミのある日はアルバイトを入れないようにしているので時間もあるのだが、なんとなく気が乗らなくて謝る。

「ごめん、これからバイトなんだ。今度行くよ。枡居は？」

「……。俺もバイト」

「なーんだ」

バイトと言いつつちらりと恨みがましい目で見てきた枡居は、お前が誘われたのに俺一人で行けるわけないだろうという様子だ。ごめんと心の中で謝りつつ、彼女たちと別れて教室を出る。

並んで歩きながら、枡居が言った。

「せっかくだったのにな。でもま、苦学生だししょうがないわな」

「苦学生……なんだろうなぁ、やっぱり」

「バイトが小遣いじゃなくて生活費になってるのは苦学生だろ」

枡居の家は出帆の実家ほど窮しているわけではないらしいが、それでも昨今の不況により父親が減収し、満足な仕送りがないらしい。ここが二人の友情を強くしているのも事実で、顔を見合わせて苦笑してしまった。

「じゃな。バイト頑張れよ」

「……ん。また明日」

断る口実だったのに励《はげ》ましてくれた枡居に申し訳なく思いながら、いつものように改札口で別れ、別々のホームに向かう。やってきた地下鉄に乗り込み、帰宅ラッシュのため混んでいる車内で吊《つ》り革を確保すると、出帆はぼんやりと路線図を見上げた。

刺激的な異世界を経験して、現実に戻ってみたら平凡でつまらない——などということはなかった。気の置けない友人やアルバイト、大学の講義など、ありきたりな時間に馴染んで安堵することが多い。贅沢で優雅な生活も悪くはなかったけれど、やはり自分のフィールドはこっちなのだと随所で確認する毎日だ。

それでもときおりあの二週間が懐かしくなってしまうのは、やっぱり理人に逢《あ》いたいからだった。

何がいけなかったんだろうなぁ……とため息をついて、出帆は吊り革を両手で包み込む。目を閉じて理人の顔を思い浮かべ、それが最後の無表情だったことに胸がちくんと痛くなった。

理人が負けず嫌いだと知っていたのに、あんな迂闊《うかつ》な言い方をした自分は、本当に愚かだと思った。同居してても身体を重ねても、本音を言わない彼に焦れたせいだったけれど、長年の親友と別れた晩にあれはあんまりだった。

もし、鈴木とのことを何も言わずに大人しくしていたら。そうしたら、恋人としてずっと置いてもらえただろうか。それとも、彼がこれまでそうしてきたように、手が治ったからと終わりを告げられたのだろうか。

（わかんないよ……）

内心で呟き、うっすらと瞼を開ける。理人の本心なんて、誰にもわからないのかもしれない。意外な一面を知った気になっていたけれど、それはあくまで一面だ。内面を知ったわけじゃない。社長と苦学生、立場は天と地ほどの差があるけれど、気になったのは最初のうちだけだ。だんだん打ち解けてくるに従って、それは二人を隔《へだ》てる壁ではないと思っていたけれど、やはり無理があったのか。

気のない目で路線図を眺めていた出帆は、ふと目を瞬かせた。いつも降りる駅を通り過ぎて三つ目、別の路線に乗り換えれば、理人のマンションがあるあの駅に着く。

「……」

今さら行ってもと思いつつ、気づいてしまうと駄目だった。ぎゅうぎゅうの車内でアパートの最寄り駅をやり過ごし、乗換駅で降りる。

次の路線はひどく混んでいて、途中で携帯電話が震えたが取れなかった。ようやくホームに降り立って息をつき、携帯電話を出して見れば、見知らぬ番号が羅列《られつ》されている。携帯ではなく都内を示す番号に首を傾げ、心当たりもないのでそのまま折り返さずに携帯電話をジーンズのポケットに突っ込んだ。どこか空虚なこんな夕方、友達だったら話して気を紛らわせることができるのによりによって間違い電話だなんて、なんだかがっくり来てしまう。

エスカレーターを上がっていると、理人と一緒に地下鉄で帰ったときのことを思い出した。いつもはタクシー移動なのに、地下鉄に付き合ってくれた夜。もう肌を重ねたあとだったのに、車内でときおり肘や肩が触れるたび、心臓が壊れそうなほどどときめいた。

地上に出ると、星も出ていない夜空に向かって伸びるビル郡が現れる。どれも高層で首が痛くなった。ぐるっと視線を巡らせて、出帆は一つのビルに目を留める。

あそこで暮らしていたことを思えば、胸が疼いた。

滅多に外に出ない理人だから、きっと今も部屋にいる。エントランスをくぐってエレベーターに乗れば逢えるかもしれないが、そうする勇気はなかった。合鍵は出てくるときに返したから、セキュリティ万全の入り口でロックを解除してもらわなければならない。

こんなに近くにいても気軽に逢えないのは、やはり自分たちの立場の違いだと思った。もし今理人が窓から外を見下ろしても、豆粒ほどの人の群れから自分を見つけることはできないはずだ。出帆も同様に、仮に理人が窓際に立っていたって、どんなに目を凝らしてもその姿を見ることはできない。

「……」

苦笑して、出帆は下を向いた。小さく深呼吸して、踵を返す。

今上がってきたばかりのエスカレーターで地下に戻りながら、もういい加減忘れようと思った。

稀有《けう》な体験ができたと思えばいいだけだ。じくじくする胸の痛みが消えるまではまだもう少し時間がかかりそうだけれど、いつまでも未練がましくしているのは性に合わない。

改札機を通る前にもう一度深呼吸して、出帆は背筋を伸ばすと、しっかりした足取りでホームを目指したのだった。

*

大学を出た出帆は、その足でアルバイト先のバーに向かった。エレベーターで七階まで上がり、先に立ち寄った店舗で海野から借りた鍵を使って事務所のドアを開ける。

理人のマンションを出てからちょうど一ヵ月――奇妙な感じで胸が疼く、この病《やまい》はまだ治っていない。それでも、過去の恋愛を振り返れば、流れ行く月日の中できっと想い出に変わるはずだとわかっていた。だから、今の自分にできることは、毎日をただ過ごしていくことだけなのだ。

てきぱきと着替えると、出帆は事務所を出て三階の店に向かった。深呼吸し、椅子が全部テーブルの上に載せてある店内の床にモップをかける。

でも、突き当たりの壁に掛かったダーツボードを見た瞬間、手が止まった。

年代もののそれに触れ、指先でそっと撫でる。すべての始まり。交代でシャトルを投げ合ったときの昂揚が蘇り、疼いている胸を痛いほど締め上げた。

まるでドラマのセットのような理人のマンションの部屋も、美容院の奥のＶＩＰルームも、あの奇抜なマスカレードだって。一ヵ月過ぎた今は記憶も朧気で、夢だったんじゃないかと思って苦笑することがあるが、理人の顔や彼と話したことは鮮明に記憶したままだ。

「佐野くん、そろそろ開けるよ」

「あ、はい」

海野に言われ、出帆は綺麗にした床に椅子を下ろした。開店時間は午後六時だが、客が入るのは七時を回った頃からだ。カウンターの内側に回って、突き出しを用意する。

たまねぎを切っていると、海野が氷の出来具合をチェックしながら言った。

「佐野くん、冬休みは帰省するんだよね？」

「一応その予定です。たぶん三十日くらいにこっちを出て、八日辺りに帰ってこようかなと」

「わかった。悪いけど、来週中くらいに年末年始のスケジュール出しといてくれないかな」

「はい」

何気ない会話を交わしながら、出帆は海野に感謝せずにはいられなかった。もちろん、出帆がやってしまったことはオーナーの櫻井《さくらい》に報告されているが、アルバイトを首になることはなかった。あんなことをしでかしたというのに、海野はこれまでと変わらず接してくれる。

理人のマンションを出てからアルバイトには復帰したのだが、変わったことは一つだけ。月に数度のパーティに、出帆が派遣されることはなくなったのだった。唯一の接点がなくなったことで、やはりあの世界は自分とは無縁のものだと改めて思う日々だ。

切ったたまねぎを水に晒し、布巾《ふきん》で水気を拭き取っていると、店のドアが開く。こんな時間から珍しいと思って顔を上げると、そこには櫻井がいた。

櫻井があまり店に来ないせいもあるが、これまで毎晩のように入っていた出帆が休んでいた期間があったため、顔を合わせるのは久しぶりだ。

「おはようございます」

すぐに挨拶した海野は、カウンター下の引き出しから帳簿を出している。売上チェックのために立ち寄ったのだとわかり、出帆はすぐに手を洗うとグラスに氷を入れた。

「おはようございます。櫻井さん、いつものでいいですか」

「今日はジュースにして。オレンジでも何でもいい」

まだ眠そうな顔を見る感じ、二日酔いのようだ。頷いて、出帆は冷蔵庫からボトルを取り出す。

オレンジジュースをグラスに注いでいると、櫻井は出帆を見てにやっと笑った。

「ちょっと見ないうちに、色気出たじゃないか。可愛がってもらったらしいな」

「……っ」

思わぬ台詞に手許が狂い、オレンジジュースが零れる。確かにあのセックスは自分を大きく成長させたと思っているが、あくまでベッドの中だけの話だ。そんなに言われるほどあからさまに変化したとは思えない。

慌てて拭いていると、櫻井は呆れた顔で言った。

「店の貴重なジュースを零すな」

「す、すみません。だって……」

「今さら狼狽《うろた》えるこたないだろ。前と今じゃ、雰囲気が全然違ってる。大学でももてるだろ?」

とんでもないと首を振りかけて——出帆はふと目を瞬かせた。先日、ゼミの女の子に飲みに行こうと誘われたことを思い出したのだ。

でも、あれは単にゼミの仲間として誘われただけだと思い、出帆は困ったように笑う。

「そんなことないです。普通」

「普通ねぇ。二十歳やそこらのガキにもわかるくらい変わったけどな」

皮肉な笑みを浮かべて、櫻井は出帆の差し出したグラスに口をつけた。一気に半分ほど飲んだあと息をつき、煙草《たばこ》に火をつける。

海野が出した帳簿を捲《めく》り、まだ酔いが醒めないのかときおり顔を顰めてこめかみの辺りを揉みながら、櫻井は世間話でもするように言った。

「まったくとんでもない不良従業員だ」

ため息混じりに煙を吐き出し、それから櫻井はちらりと出帆を見上げる。

「バイトとはいえお前を選んだのは、お前なら絶対目先の誘惑につられないと思っていたからなのにな」

「——…」

「俺、人を見る目は自信があったはずなんだがなぁ」

櫻井は笑顔だったが、目は据わっていた。一介の大学生の出帆が、思わず息を詰めてしまうほどの迫力だった。

しかし、凄《すご》みの利いた眼差しはほんの一瞬で、すぐに櫻井は気の抜けた声で言う。

「海野から推薦《すいせん》されたとはいえ、最終的にお前を行かせることに決めたのは俺だ。一年以上もしっかり勤めた中で一回だけの出来心だ、責める気は毛頭ない。ただし、もうあのバイトは終わりだ。他言もするな」

「……はい。すみませんでした」

「来月から時給上げるよう海野に言ってある。特別手当てがなくなった分は、それで凌げ」

首にされてもやむを得ないほどの規定違反を犯したのだ、時給アップなんてとんでもないと言いかけて、出帆はすぐに思いなおして口を噤んだ。要するに、口止め料ということだろう。

先ほどの櫻井の目を思い出し、出帆は小さく頷いた。口外したら、怖ろしいことになりそうな気がする。

「バイト休んでた間、楽しかったか?」

軽い口調で聞かれ、出帆はどう答えたものか迷ってしまった。

「いえ、……まぁ」

「なんだ、そうでもなかったのか。どこか垢抜《あかぬ》けなかったのに、帰ってきたら色気振り撒《ま》いてるもんだから、てっきり楽しかったのかと思ってた」

「だから別に色気は……」

居たたまれなくなって俯き、躍起になったようにジュースを零したところをごしごし布巾で擦っていた出帆は、「向こうは楽しかったみたいだけどな」という櫻井の台詞にふと目を瞬かせる。

そろそろと目線を上げた出帆に、櫻井は短くなった煙草を灰皿に押し潰して言った。

「前はあまり来る方じゃなかったのに、最近は殆ど皆勤だとよ。バーテン捜してるんじゃないかって、もっぱらの噂《うわさ》」

「……理人さんが？」

「さぁ？」

片方の眉だけを上げて、櫻井は明言しなかった。この場には出帆と櫻井、あと事情を知る海野しかいないが、名前は出すなということらしい。

出帆が理人を認識してからは長いが、確かに彼はしょっちゅうパーティに来ることはなかった。忘れた頃にふらっとやってきて、時間を潰しているような感じだった。最近は足繁《あししげ》く参加しているのが本当なら、確かに変だ。

鼓動が、急に速くなる。

もしかして――理人はもう一度自分に逢いたいと思い、それでパーティに顔を出しているのだろうか。

「……」

それは違うと内心で首を振り、出帆は痛み出した胸に口唇を噛んだ。あれだけはっきりと、バカンスは終わったと告げられたのだ。新しい相手を捜しに来ているのかもしれない。

黙り込んで仕込んだたまねぎをしまって……、けれど、出帆はふと動きを止めた。さっきの櫻井の台詞の中に、一つ引っかかるものを感じたからだった。

「……櫻井さん、パーティ出るんですか？」

「いや？」

「ですよね。一度も見たことないし」

数多くの出張バイトの際、櫻井をフロアで見かけたことはない。でも、だとするとなぜ理人が最近よく顔を出しているなどという情報を得たのだろう。

怪訝な顔をしている出帆を興味深そうに眺め、櫻井はあっさりと言った。

「参加はしないけど、招待はされるな」

「……え？」

「だって俺、『青年実業家』だからさぁ」

わざとふざけた口調であっけらかんと言った櫻井に、出帆はあっと目を瞠る。

確かに、言われてみればそうだ。都内に何軒ものバーを開き、経営状態はどれも優良。ときおり店に顔を出すときに乗ってくるのは、誰もが知っている高級外車。

「前は興味本位で結構遊んだけど、すぐ飽きた。ここ三年ほどは殆ど行ってないな。まぁたまに顔繋ぎに出ることはあるけど」

「顔繋ぎ……？」

「そう。あそこは人脈と情報の宝庫だ。ボンクラが多いが地位だけはあるし、少ないがビジネスの精鋭もいる。ときどき面白い話が聞けたりするからな。――大半はくっだらない話ばかりなのは否定しないが」

去年出店した銀座《ぎんざ》のテナントは、参加者の中で不動産業界にいる人物から紹介してもらった場所なのだと言った櫻井を、出帆は啞然《あぜん》として眺めた。どういうルートで自分たちがあんなパーティに派遣されているのか謎だったが、今初めてからくりがわかった。

外部に秘密が漏れることを良しとしないあの集団が、得体の知れないその辺の店の従業員を使うとは考えられない。櫻井はあそこに集《つど》う面々とそれなりに親交があり、それで自分の店の従業員を使っているようだ。櫻井にしてみれば独占状態だから相当なアガリがあるだろうし、参加者側は秘密が漏れやすい外部の人間を入れる必要がない。双方の利害が一致して、今のような形になったと想像できる。

社員の海野は、櫻井の信頼も篤い。出帆が見る限り、あの『出張』はすべて海野が取り仕切っていた。アルバイトでありながら自分が抜擢《ばってき》されたのは、海野がサポーターとしてちょうどいいと判断したからだろう。

でも、実際に派遣されるまでの道のりは、そう安易なものではなかったはずだ。面接で提出した履歴書に嘘はないか、通っている大学から住んでいるアパートの場所、下手をすると友人間の評判までチェックされたに違いない。その上で、アルバイトでも大丈夫そうだと櫻井が最終的に判断したと思われる。

そこまで考えたとき、出帆は不意に、あることに思い当たった。

「櫻井さん。……もしかして、理人さんと面識あるんですか？　俺のこと、理人さんに教えた……？」

「面識はないな」

出帆の質問に、櫻井はそれだけ答えた。でも、笑みを含んだ眼差しを見れば、部分的に肯定していることは明らかだ。

「いつ――いつ、どういうきっかけで」

これまで予想もしていなかった事実に狼狽《ろうばい》している出帆の顔をしばらく眺め、やがて櫻井は肩を竦める。

「そりゃあなぁ。お前、あんな金持ちがちょっと引っかけたナンパの相手を易々と家に住まわせると思ってたのか？」

「……それは、……」

「確かに、あそこまで金持ってたら、多少のものは持ち出されたって痛くも痒くもねぇよ。でも、金目のものだけ持ってくならともかく、それ以外のことをされちゃ困るだろ？　あのパーティはどんな規模であれ一見《いちげん》では絶対に入れないから、全員初回は必ず誰かの同伴者として入ってくる。お持ち帰りしたところで素性は割れてるから問題ないが――バーテンは別だ。どこの誰ともわからない」

「――……」

「一度だけ、うちに確認が来たことがある。名前だけな。でも、向こうにはそれで充分だ。バイト先の店と本名さえわかっていれば、あとは興信所を使って何でもわかる。通っている大学も、住んでいる場所も、大家や友人の評判も台所事情も」

「……いつ……？」

「一年ほど前だったかな」

記憶を手繰《たぐ》るように首を傾げ、櫻井は「いや、十ヵ月ほどだったか」と呟いていたが、出帆にはすぐにわかった。オレンジを持っていって、初めて理人のグラスに入れたときだ。

あのときから、興味を持ってくれたのだろうか。二、三ヵ月に一度しか会わず、ろくに話したこともなかったのに、ずっと見つめられていたのだとしたら。彼の中に芽生えた小さな興味が、二週間という時間をともに過ごしたいと思うくらい変化するまで、ずっと。

何歳なのかとか、どこに住んでいるのかとか、聞かれたことを思い出す。知っていて、知らないふりをするために尋ねたのだろう。答えを知っている質問をすることで、彼はこちらの一挙手一投足を観察していたのだ。答え方、ふとした仕種、声――そんなものを知りたくて。

彼が聞かなかった大学名も、携帯電話の番号も、理人は最初からすべて知っていたはずだ。

「俺はその男のことを、直接は知らないな。ただ、あの場を介した共通の知人がいる。お前についての質問は、そいつ経由で来た」

「それで、教えたんですか……？」

「名前だけな。見栄えを優先してあの場で名札なんかはつけさせてないが、名前くらいは聞かれても仕方ない。俺が教えたのは、それだけ」

「……」

「これまでのお前の働きぶりを見ていたら、あっちがどれだけ粉かけても靡《なび》かないだろうと思ってた。まぁ、俺の予想は外れたわけだけど。そいつはよっぽど上手くやったんだろうな、海野の目を掻い潜ってさ」

黙って氷を割っている海野に視線を投げて、櫻井は揶揄うような口調で言う。

「お前がその男についてったとき、海野は後悔してたぜぇ？」

櫻井の台詞に、海野は何も言わなかった。ただ小さく息をついて、氷を割り続けるだけだ。

二本目の煙草に火をつけながら、櫻井は達観した顔で言う。

「ま、席を外したのも海野の自己責任、男についてって食われたのもお前の自己責任。お前を信用しすぎたのも俺の自己責任――ってことで、参加者の一人に堂々と持ち帰られたバーテンを派遣し続けるのはやめだ」

嘯《うそぶ》いて煙を吐き出す櫻井の前で、出帆は話の半分を聞き流して呆然としたままだった。仕込みも忘れて、立ち尽くす。

そのとき不意に、出帆の脳裏に少し前のことが蘇った。知らない番号からかかってきた、携帯電話。理人のマンションに行く途中で受信した番号は、まさにそのとき見上げた部屋から発信されたものだったのだろうか。

「……っ」

櫻井や海野がいることも忘れ、制服のポケットから携帯電話を取り出そうとした出帆は、すぐに落胆した。間違い電話だと思ってしまったから、あの番号を保存していない。あれから友達や家族など幾つもの着信があったから、きっと流れてしまって残っていない。

もう一度、かけてほしい。今度こそは、必ず取るから。もどかしい気持ちで携帯電話を握り締め、擦《す》れ違っている自分たちに口唇を嚙んで――、出帆はふと首を傾げた。その気にさえなれば簡単に連絡を取れるのに、理人は何故、わざわざバーテンとして出てくる可能性を考えてパーティに出ているのか。

理人がこっそり連絡先を調べていたのと同様、出帆からコンタクトを取る方法もないわけではない。電話番号は知らないが、鈴木に名刺をもらったから会社の連絡先はわかる。実際にマンションに行ったとおり、住んでいる所も知っている。

あれだけはっきりと別れを告げられた手前、こちらから会いに行くなんてできないと思っていたが、もしかしたら理人も同じ理由で踏み止まっているのかもしれない。もう終わりだときっぱり言ってしまったから、もう一度付き合えと言えないのではないかという気がした。

「……」

海野を見ると、ふいっと視線を逸らされた。その様子を見て、出帆は櫻井の話が本当であることを確信した。理人が自分を捜しているのなら、当然バーテンダーの方ばかりチェックしているだろう。客商売に慣れた海野は、もちろんその視線に気づいているはずだ。

なんで教えてくれなかったんだと思ったのとほぼ同時に、櫻井がつまらなそうな顔で釘を刺す。

「海野を責めるなよ。海野はお前が可愛いんだよ。水商売の世界でアルバイトとはいえ二年以上やってるのに、ぜんっぜん擦れないところがさ」

「……」

「刺激を求めてアブノーマルなところまで足突っ込んでる奴らに、お前をどうこうされたくないんだ。わかってやりな」

櫻井の言葉に、出帆は黙り込んだ。確かに、海野を責めるのはお門違いだ。

でも……と、出帆は櫻井に向かって言う。

「でも俺、理……、あの人とアブノーマルなこととかしてません。普通に映画行ったりご飯食べたり。そりゃ……男同士ってのは変だと自分でもわかってます。でも、相手が男ってだけで普通です。普通に彼女と付き合ってるのと同じように」

喋りながら、最初の頃は同性ということが最大の難点だったことを思い出した。性別にはこだわらないと言った理人を変態だと罵《ののし》ったが、今は違う。以前の自分と同様、同性愛は異端だと思っている人が多いのは容易に想像できるから、異性愛よりは困難や不都合が出てくるものだとわかっている。けれど、相手を好きだと想う気持ちは男でも女でも変わらないことを知った。——教えて、もらった。

切々と訴える出帆に、櫻井は呆れきった表情で首を振る。

でも、出帆は止まらなかった。話しているうちにどんどん理人に逢いたい気持ちが膨《ふく》れ上がり、気づけば櫻井に懇願していた。

「お願いです、櫻井さん。もう誰とも賭けなんかしないし、真面目に働くから。だから……」

「お前はもう派遣しない」

「理人さん見かけても、話したりしません。元気でいるかどうかだけ確かめられたら、それで充分です。もう一度だけ……一回だけでいいから、海野さんと一緒に行かせてください」

「駄目」

にべもなく言い放ち、櫻井は殆ど見ていない帳簿を閉じた。海野に返しながら、ぴしっと言う。

「お前、わかってんのか？　まんまとお持ち帰りされて、俺の顔は丸潰れだ。バーテンのお前に注意を払っている奴がそれほどいたとは思えないが、ダーツで盛り上がってる最中に顔を憶えた奴もいるだろう」

「……ごめんなさい」

謝って、出帆は肩を落とした。櫻井の言うことはもっともで、今自分がのこのこあのパーティに顔を出せば、櫻井や海野が恥をかくことも予想できる。

櫻井が深々とため息をつき、眉間《みけん》を揉みながら渋い声で呟いた。

「なんだかなぁ」

ぼやいた櫻井をきょとんとして出帆が眺めると、今まで黙っていた海野が口を開く。

「向こうがなんで佐野くんを気に入ったのかは嫌ってほどわかりますけど、佐野くんがなんでこんなに惹《ひ》かれたのかわかりませんね」

「え？」

その逆で、常々「何故《なにゆえ》、何でも持っている彼が平凡な自分に目をつけたのか」を疑問に思っていた出帆は聞き返したが、向かいから櫻井が混ぜっ返してきた。

「よっぽど身体がよかったんだろうよ」

「ちょっ……櫻井さんっ」

「相当可愛がられて、骨抜きにされて帰ってきやがった」

「櫻井さ——海野さんも」

とんでもない結論を出している二人に、思わず抗議しかけたときだ。

頭の中にふと、先ほど櫻井が言った台詞が蘇って、出帆ははっと目を瞠る。

「……櫻井さん。顔が見えないなら、いいですか？」

「……どういうこと」

「マスカレードに行きたいんです」

そう言って、出帆はカウンター越しに身を乗り出した。

「櫻井さんはさっき、『招待はされる』って言ってましたよね。あのパーティは一般の人が紛れ込めるようなものじゃないけど、自由参加ですよね？　だから櫻井さんが『招待』されるのは、マスカレードじゃないんですか……？　あれなら招待状が必要だから」

「……」

「お願いです、今度招待状が来たら、俺も連れてってください。迷惑はかけません。ここのバイト首になってもいいです、お願いです」

必死に頼み込む出帆を、櫻井はしばらく黙って眺めていた。やがて盛大なため息をついて——

胡乱な表情で出帆を見遣ったのだ。

＊

タクシーから降り立って、豪奢《ごうしゃ》なマンションのエントランスに足を踏み入れる。コンシェルジュに招待状を見せると、中に通してくれた。エレベーターに乗り込んで、出帆はポケットからマスクを取り出す。昨日、大学の帰りに量販店で買ったパーティグッズだ。

上昇していくエレベーターの中でマスクをつけると、同じくマスクを耳に掛けながら櫻井が言った。

「一緒に入るけど、俺は頃合を見計らって帰るからな」

「はい。ありがとうございます」

神妙な顔で頭を下げた出帆に、櫻井はエレベーターの鏡に向かってマスクの位置を調整する。

「礼はいい。俺は連れてきただけ。あとはお前の――」

「わかってます。自己責任、ですよね」

頷いた出帆を振り返り、櫻井は頭のてっぺんから爪先まで眺めるとため息をついた。

「もらってきた服ってのはそれか。着るもんで変わるもんだな」

「……変じゃないですか」

「別に。――あーあ、田舎《いなか》の朴訥《ぼくとつ》な好青年だったはずなのに、なんでこうなったかな」

そもそもこういう場所に派遣した俺のせいかと肩を竦めた櫻井に笑って首を振り、出帆はすぐに表情を引き締めた。一つずつ移動していく階数表示ランプを見上げながら、着慣れないリボンタイを指先で直す。

櫻井に頼み込んでから二週間、出帆はマスカレードに連れてきてもらうことができたのだった。店に招待状が来たことを告げに来た櫻井に、海野は渋面で「人のこと言えないくらい、櫻井さんも佐野くんに甘いですよ」と詰《なじ》っていた。

いつもはスーツにノーネクタイでやや崩れた雰囲気の『甘いオーナー』が、本日はぴしっとネクタイを締めているのを見つめていると、櫻井が気怠《けだる》い口調で言う。

「俺はちょっと疑問に思うんだけどな」

「何ですか?」

「その男が、お前が来るかもしれないと思ってパーティに出ているのはわかる。でも、それはあくまでバーテンとして来ることを想定してるんだろ? 招待状が必要なこれにも来るかもしれないと思っているのかね」

「……」

もっともな疑問を口にして緩慢に首を振った櫻井に、出帆は俯いた。けれどすぐに顔を上げる。言われるまでもなく、可能性が低いことなどわかりきっている。でも、一縷《いちる》の望みがあるなら賭けてみようと思ったのだ。

不思議なほど、出帆は落ち着いていた。細く息を吐き出して、自分に気合いを入れる。

エレベーターが到着すると、あの日と同じように正面に一つだけアルコーブがあった。この前と場所は違うが、マンションのペントハウスというのは変わらない。世の中にはお金持ちがたくさんいるのだなと今さらなことを考えながら、出帆は櫻井のあとをついていく。

チャイムを鳴らし、モニターのカメラに櫻井が招待状を翳《かざ》すと、すぐにドアが開いた。先日と同様に、マスクをつけた受付がいた。女性二人だった前回とは違い、今夜は男女一人ずつだ。

「ようこそ。招待状をお願いします」

マスク越しでも充分美人だとわかる女性に、櫻井は堂々とカードを渡した。今はあまりパーティに参加していないと言っていた櫻井も、この様子からすると以前は何度か遊んだようだ。

「どうぞ、愉しい夜を」

カードから名簿らしきものをさり気なくチェックした女性が言うのに、櫻井は出帆の手を引くと奥に向かった。フロアに入ると、この前の晩と同じく盛況だ。

歓談の声で騒がしいほどなのは、どうやらかなり酒が入っているせいらしい。前回はざわめき程度だったのにと思い、腕時計に視線を落とした出帆は、櫻井が耳許に囁いてきたのに目を瞬かせる。

「遅れて来た分、出来上がってる奴が多いんだろ」

「何時からだったんですか?」

「六時」

腕時計が指している時刻は八時前だ。多忙な櫻井からは予《あらかじ》め、開始直後には行けないと言われていた。

適当なグラスを取り、バーのオーナーらしく慣れた仕種で口をつけて、櫻井はフロアの中央を顎でしゃくった。

「行ってこい。あとは知らん」

「……櫻井さん、ありがとうございました」

「いいから早く行け」

苦笑いする櫻井の複雑な心境が垣間見えて、出帆は目を伏せた。しかしすぐに顔を上げ、ぺこっと頭を下げると、人が行き交うフロアに出て行く。

先日より少し大きなフロアは、人でいっぱいだった。真っ直《す》ぐ歩けずに人を避けながら進み、油断すると誰かの肘が当たるほどの混雑だ。こんなにたくさんの人の中から目的の人物が見つけられるのだろうかと一瞬不安になったが、逆に、これだけたくさん人がいるのだから理人もいるに違いないという希望もあった。

あちこちで笑い声が上がる中、出帆は不審に思われないよう、あまりあからさまにきょろきょろせず理人を捜した。まず一周してくると、櫻井が先ほどと同じ場所でグラスに口をつけているのが見える。

隣には早速《さっそく》女性がいて、櫻井は満更でもない様子で話していた。ただ、これからどうこうしようというよりは時間潰しの相手にしている様子で、その証拠に出帆と目が合うと首を傾げてみせた。

いなかったのなら帰るぞと言いたげな櫻井に首を振り、出帆はもう一度、人混みに紛れ込んでいく。

少し捜して、肩を落とし、それから出帆は全体を引いた位置から眺めようと思った。男はみんな似たようなスーツだが、背が高い理人は人波の中から見つけるよりも外から当たりをつけた方がいいような気がしたのだ。

壁際に身を寄せ、蠢く人たちを見ていると、不意に声をかけられた。

「こんにちは」

見れば、ピンクのドレスを着た女性だった。ワイングラスを差し出され、何も持っていなかった出帆はどうしようかと逡巡したが、受け取った。

「ありがとうございます」

「……お一人ですか？」

「いえ、人を捜してて」

さり気なく流そうとグラスに口をつけた出帆は、彼女がぴたっと身体をくっつけてきたのに慌てる。

「私もです。一緒に来た友達とはぐれて……でももう帰っちゃったみたい」

マスクから覗いた煌《きら》めく瞳に見上げられ、出帆は曖昧な笑みを返した。絡まってこようとする腕をさり気なく外し、笑顔を崩さずに言う。

「僕はもう少し捜してみます。お友達、見つかるといいですね」

「……ええ」

あからさまにつまらなそうな顔をした女性に会釈して、出帆はその場を離れた。半分ほど飲んだグラスを手にしたまま、うろうろする。

理人と似たような広い背中を見つけ、声をかけようとした寸前で別人だとわかり落胆していると、今度は視線を感じた。その方向に顔を向けると、鮮やかなブルーのドレスの女性がこちらを見ていた。

「……」

彼女が一歩近づいてきたのと同時に、出帆はにこっと笑いかけ、別方向に歩き出す。

落ち着いて外から眺めたいのだが、壁際で立ち止まっているとそれからも何度か声をかけられた。この前はハンカチを貸してくれようとした女性からしか声をかけられなかったのに、嘘のようだ。自分では変わったつもりはないのだが、やはり醸し出す雰囲気に何か変化があるのだろうか。

水族館の魚よろしくぐるぐる回遊していると、何度も櫻井の姿が目についた。知っている背格好だからということもあるが、彼が場所を移動していないことが大きい。櫻井はこちらのことなど我関せずで、悠々とグラスを傾けつついろんな相手と話している。あまり来たがっていなかった櫻井だから、彼の言う『面白い話』がせめて聞けていますようにと願うしかなかった。

フロアはさほど広くはない。もちろん個人が住んでいる分譲マンションの一室と思えば贅沢極まりない空間なのだが、所詮《しょせん》は『部屋』だ。人数を数えてみようと思って、五十人を過ぎたところでやめる。この中から一人の男を探し出すのは至難の業だ。

それでも、出帆は諦める気になれなかった。櫻井は我が儘《わま》を聞いてくれたが、一度きりのつもりだろう。今夜が最初で最後のチャンス。

理人が来ていなければ、大人しく忘れることにする。でも、もし来ていれば……

「――…」

そのときふと、視界の端に見えたものが気になった。視線をそちらに向け、煌びやかな一帯を目を凝らして眺め――出帆は目を瞠って息を飲む。

視界に映るのは、あの長身だった。品のいい、けれどパーティの趣旨を理解した少し派手なデザインのダークスーツを着て、理人がテーブルからグラスを手に取ったところだった。今グラスを取ったということは、先ほど到着したらしい。

「ま――」

思わず名前を口にしかけて慌てて口を噤み、理人のいる方に向かおうとした出帆は、当の理人が女性に話しかけられたのに足を止める。

理人は一言二言話すと、すぐに小さく首を振った。素っ気なく女性を置いて、一顧だにせず歩き出す。

確かに冷ややかな印象のある理人だが、他人を邪険にしたところは見たことがない。あんまりな扱い方に呆然として、出帆はすぐに理人を追った。ぴかぴかの革靴や高そうなドレスのトレーンを踏まないよう注意しながら、人混みの中に見え隠れする長身を追いかける。

二人を隔てるのは、ほんの五メートルほどの距離。それでも間にたくさんの人がいて、みんなグラスを持っていたり酔って足下が覚束《おぼつか》なかったりで、なかなか近づけない。名前を呼べたらいいのだが、この場でそれはご法度《はっと》だ。どうせ顔見知りが大半を占めているのだろうとわかってはいるが、理人を知らない人もいるだろうし、噂になった自分に呼び止められるところを目撃されるのは申し訳なさすぎる。

焦りに任せて、出帆は途中から人を掻き分けるように進んだ。身体のあちこちが当たるたび、すみませんと小声で口にしながら、少しでも理人に近づこうと歩を進める。

しかし、そうしてしばらく追いかけて――出帆はふと立ち止まった。視線の先にいる理人が、なんだか間抜けに見えたからだった。

理人はときおり立ち止まり、周囲を見回すような仕種のあと、また歩き始めるということを繰り返している。その様子はとてもスマートとは言い難く、余裕の欠片《かけら》も感じられなかった。

そこまでして彼が捜しているのは、自分なのだろうか。それはわからないが、もしそうだとしたらと思うと、胸がこれ以上ないほど引き絞られるように疼いた。

彼の正体を知る人はもちろん、そうでない人もマスクで顔が隠れているとはいえ長身で華やかさのある彼に惹かれるらしく、結構な割合でアプローチしてくる。そのたびに理人は首を振り、フォローもせずに場を離れた。どこか焦燥感が漂う素振りは、まるでテーマパークで親を捜す迷子のようだ。

何でも涼しい顔でこなしてしまう彼が、なりふり構わず何かに夢中になることがもしもあるなら、一度でいいから見てみたいと思ったことが脳裏に過る。今、視界に映る理人の姿は、まさしくその姿だった。

もし、彼が捜しているのが自分なら。出帆が教えてもいないアパートにやってきて、あの抑揚のない声で食事に行こうと誘うこともできたはずだ。客として、アルバイト先のバーにふらっと飲みに来るのでもいい。当てもなく人探しをしなければならないようなことは決してなく、金も時間も使える理人にはもっと別の手段がいくらでもありそうなものだった。

怒らせてしまった期間限定の恋人を、期限が過ぎても求め続ける。自分で作ったルールを自分で破っている手前、恰好《かっこう》よく迎えに行けない理人の本心が垣間見えた気がした。

今の理人は、以前の出帆とまったく同じだった。男同士は嫌だと散々啖呵を切り、そのくせあっさりと陥落してしまって——恋に堕ちてしまったことはお互いもうわかりきっている状態なのに、意地を張ってなかなか認められなかったあの晩の自分と同じ。

「……」

胸がいっぱいになって、出帆は口唇を引き結んだ。少しずれたマスクを直し、細く息をつく。男同士だとか、住むフィールドが違いすぎるとか、最初は気になっていたことのすべてが馬鹿馬鹿しくなった。恋に溺れ、誰も見ていない部屋で濃密な時間を過ごすのも、惨めさに耐えながらみっともなく意地を張るのも、何も変わらない。

ぐるっと周囲を見回した理人が、心なしか俯いた。やがて未練なく出口に向かって歩き出す。尋ね人は同じ空間にいるのだが、如何《いかん》せん出帆が常に理人の背後に回っている状態なのだから、見つけられるわけがない。

急いで持っていたグラスをその辺のテーブルに置いて追いかけ、出帆がちらりと壁に視線をやると、そこに櫻井はいなかった。まったくこちらに気を配っていないように見えた櫻井は、目的の人物を出帆が見つけ出すまでさり気なく見守っていたらしい。

多忙なオーナーとは次いつ会えるかわからないが、会えたら絶対に礼を言おう、どんなスケジュールでも入ろうと決意して、出帆も出口に向かった。

フロアの中ほどは盛況で人も多いが、ドアに近づくにつれ人が少なくなり、距離が縮まった。スーツに包まれた背中だけを見つめ、その下の肌を抱き締めたことを思い出し、出帆は半ば駆け出すように捕まえにかかる。

あと少しでドア、というところで、出帆は手を伸ばした。理人の腕を引き、声をかける。

「もう帰るの?」

「――……」

その言葉に、理人が振り返った。意外そうに目を見開いた驚愕《きょうがく》の表情は、二週間ほどの同居の間も見たことがないもので、常は無表情の彼にこんな顔をさせているのは自分だと思うだけで胸が啼いた。

捜しはしたものの短時間で帰ろうとしたことや、今の驚いた表情などで、理人は出帆がここにいる可能性は低いと思っていたようだ。櫻井の言ったとおり、招待制のマスカレードに来られるとは考えられなかったのだろう。

それでも捜しに来てしまったのが理人の本心であり、どうにかして逢いたいとここに潜り込んだのもまた、出帆の本心だ。

「……出帆？」

小さく呟き、理人がマスクの上からそっと出帆の頬に掌を当ててくる。澄んだ黒い眸に自分の顔が映っているのを見つめ、出帆は微かに頷いた。触れられた瞬間、マスクの下で目許が歪む。もう一度ずっと逢いたいと思っていたけれど、こうして実際に再会すると、自分が思っている以上に逢いたかったのだと痛感した。

泣き笑いのような表情がマスクで隠れているのをいいことに、出帆は偉《えら》そうに言う。

「俺置いて、一人で帰るなんてひどいよ」

「……、……」

「せっかく苦労して来たのに」

——でも、してやったりという気分で生意気に言えたのはそこまでだった。

不意に理人に腰を抱き寄せられ、出帆も理人の首に両腕を回した。マスクが頬に当たって痛かったし、出口の近くにいた数人がびっくりしたように見ているのもわかっていたが、どうでもよかった。

「——逢いたかった」

耳許で囁かれたその一言は何より欲しかった言葉で、だから充分だったのだ。

何度もキスを交わしているうち、頭の芯がじんと痺れてくる。もどかしく膝を蠢かせれば、互いの熱い肌が触れた。絡めた舌から淫靡な水音が響き、ベッドルームの秘めやかな空気も濡れたものに変わっていく。

「……んっ」

理人の口唇が頬を辿り、耳の付け根を擽った。反射的に首を竦め、うっすらと瞼を開けて、出帆は覆い被《かぶ》さってくる背中を抱き締める。逞しい肩越しに天井が見え、なんだか懐かしくなった途端、裸で抱き合っているというのに思わず笑みが零れてしまった。

住んでいるアパートの壁紙はビニールだが、理人のマンションは布製だ。レールに付いた四つのライトが放つ淡いオレンジの光を、優しいニュアンスに変えている。こんな天井を「豪華だな」ではなく「懐かしい」と思った自分が、可笑しかったのだ。

「……何」

「なんでもない。ごめん」

怪訝な顔で覗き込んできた理人に笑顔で首を振り、出帆は自分から口づけた。そのまま頬を寄せ、擦り合わせる。

会場となった高級マンションを出たあと、タクシーで理人の部屋に来たのだが、その間一言も喋らなかった。ただ、運転手に見えないように指先だけ絡めて——部屋に入ってすぐ、キスを交わした。そのままベッドルームに向かったのは最初の晩とまったく同じ展開だったが、一つだけ違うのは、今夜はすべて最初に脱ぎ捨ててしまったことだった。

ぎゅっと抱き締め合うと、太腿《ふともも》の辺りに濡れたものが当たる。硬くて熱いそれが何かわかっているので、出帆は頬を上気させたが、違和感や羞恥はなかった。初めてではなく何度か理人とセックスしたせいもあるけれど、それ以上に、彼が自分をどう思っているのかわかったのが大きかった。

好きという気持ちに温度差があるのではないかと薄々感じながらの行為ではなく、互いに相手を必要としているのだと思うだけで、どんどん気分が昂揚してくる。

「ん……、ん」

やや乱暴に口唇を陵辱《りょうじょく》されたあと、顎を掴まれた。視線を合わせるよう促されて、劣情で潤んだ瞳で理人を見上げる。普段はクールな眸に確かな情熱が宿っているのを見つめ、触れられる前からその気になっていた下肢が疼いた。期待で肌が粟立《あわだ》ち、呼吸が自然に浅くなる。

薄い胸を撫でられ、ぷつっと尖った先端に口づけられた。

「……っ、ン」

鼻にかかった声を噛み殺し、出帆は理人の頭を抱き締めた。そこから全身にじんわりと広がっていく感覚に、口唇を震わせる。

「あ、ぁっ」

きつく吸われて、鋭い声が上がった。しかし、愛撫は弱まるどころかますます強くなるばかりだ。右の乳首を尖らせた舌先で押し潰され、左は指の腹で押し潰すように捏ねられ、ときおり走る鋭敏な感覚に何度か踵でシーツを蹴る。

ふと視線を下ろし、自分の胸の上を卑猥に這《は》い回る掌を見ていた出帆は、ふとあることに気づいた。左側の尖りを執拗に弄っている理人の手を取り、目の前に翳す。

「……怪我、治ったんだ。よかった……」

「あぁ」

「でも……、ぁ、……少し、残ってるね」

右胸の粒を吸われるせいで、所々声を途切れさせながら呟くと、理人がようやく胸から口唇を離した。

「しばらくすれば、消えるそうだ」

「しばらく……って、どれくらい？」

「さぁ。時間が経つごとに徐々に薄れていくと言われただけ」

「……その説明、どっかで聞いた気が……」

眉を寄せた出帆は、次の瞬間盛大に噴き出した。何のことはない、このマンションの洗面台に落ちた染みと同じだ。

「なんだよ突然」

「だ——だって、あははっ、あれと一緒なんだもん。ほら、大理石の」

「……あれか」

何のことだかわかった途端胡乱な目になった理人に、出帆は笑いが止まらなくなってしまった。いい加減黙れと鼻を摘まれて、慌てて首を左右に振る。

こんな場面で笑ったお仕置きだと言わんばかりに顔を固定され、口唇を塞がれた。喉の奥でくぐもった笑い声を殺し、出帆は目を閉じて入ってきた舌に自分のそれを絡ませる。歯並びを確認されるように舌先でなぞられ、鳩尾《みぞおち》の辺りがぞくぞくした。

笑ったのは悪かったが、それでどこか急《せ》いていた雰囲気が緩やかになったのも事実だ。再会した情熱のままに突っ走るのではなく、お互いをしっかり確認し合うかのように角度を変えてキスを繰り返し、指を絡ませる。

ようやく口唇が離れると、出帆の口からはため息にも似た吐息が零れた。

「う……、理人さん」

痛いほど疼く欲望を硬い腹筋に擦りつけるようにして、更なる愛撫をねだる。願いは聞き届けられ、大きな掌で包み込まれた。擦るというよりは揉みしだくように刺激されて、自分から望んだくせに鋭すぎる快感に身体が無意識にずり上がる。

「あ……ぁ、あ」

緩急をつけて揉み込まれ、あえかな声を零しながら、出帆は潤んだ目で理人を見つめた。自分の手も伸ばし、理人の欲望に触れる。

生々しい感触に、喉が鳴った。あからさますぎる自分の反応が恥ずかしくて顔を背けようとしたが、理人は許してくれなかった。

怜悧《れいり》な眸で、観察するように見つめられる。それは確かに羞恥を呼び覚ますものだったが、同時に奇妙な倒錯も感じさせた。これまで何人もの人間を抱いてきただろう彼に、少しでも新鮮な表情や仕種が見せられるなら。

期限を区切ったドライな付き合いばかりしてきた理人が、これからも一緒にいたいと思うほど愛せる一面を見つけてくれたら……。

「あ、いきそ……ぁ、あ、アッ」

瞬《またた》く間に追い上げられ、出帆は意地になったように同じ愛撫を返した。肩で息をつき、手の中でどんどん育っていく理人の欲望を握り締める。

「も……駄目、んっ、いく」

「……、出帆」

「いく、イッ……ん、ん……ぅ」

もう弾けそうだと思ったとき、唐突に手を離されて切ない呻き声が零れた。思わず恨みがましい目で見上げると、理人はしれっとした顔で出帆の身体を引っくり返す。

そのまま膝を立てさせられ、いやらしい恰好に赤面する間もなく、愛する男の眼前に晒したそこに口づけられた。

「あ、ぅ……」

二つの丸みを撫でられ、割り開かれて、考えるより先に出帆は枕を引き寄せていた。顔を埋めて歯を食いしばり、変な声が溢れてきそうになるのを必死で堪える。

二人が繋がるその場所を愛されたことは何度もあったが、口で触れられたのは初めてだった。

「う……や、だ……」

あまりの羞恥に拒否してみたが、自分の声はどう聞いても甘えを帯びている。明らかに期待している方が大きい声に居たたまれなくなり、出帆は真っ赤になった顔を枕に押しつけた。

「……声は嫌がってないな」

「ばっ……、ぁ」

案の定揶揄われて、体温が上昇する。自覚していることを指摘される恥ずかしさ以上に、もっとしてほしいと自分が望んでいることに気づき、全身が戦慄いた。

深い快感が得られるからだけではない、こんなことまでするほど自分を好きなのだと再認識したくて、タブーも何もかも超えて愛してほしい。

「あ、ん……っ」

柔らかくて硬い不思議な舌の感触に身悶え、枕を抱き締めていた出帆は、弄られていたところに指が入ってきたのに自分でも赤面してしまうほど艶かしい声を上げた。慌てて口唇を枕に押しつけ、熱い吐息とともに抹殺《まっさつ》しようとする。

しかし、いったん指が引き抜かれてほっとする間もなく、伸びてきた手に枕を取り上げられた。

「あ、ちょっと……、あ、んっ」

放り投げられた枕は巨大なベッドの上から転げ落ち、呆然とそれを見ていた出帆は再び侵入してきた指に喘ぐ。舌先で周辺をつつき、同時に身体の奥を探る理人の愛撫は強引で、追い上げられる一方となった出帆は最後には涙声で懇願する羽目になった。

「も……も、やめて……やめて」

「……どうして」

「聞くなよ！　あ、ぁ……っ」

わかっているくせにと歯を食いしばり、その反動で中で無遠慮に蠢いている指を締めつけてしまって、腕を突っ張って喉を反らせる。思う存分愛されたいのと同じくらい、甘い責め苦から解放されたかった。いきたいのにいけないのは、昂るたびに寸前で、指先がいいところから外れてしまうせいだ。

「う……も、やだ……」

弱々しい声で降参したとき、膝が崩れた。理人は慌てて腰を支え直してくれたが、身体が揺らいだ拍子に中に入っている指の関節が敏感な部分に食い込み、悲鳴じみた嬌声が喉をつく。

「ぃあ……っ、あ、は」

「悪い、痛かったか？」

「……た、くなぃ……痛くないけど、……、ぁ、やぅ……ぅ」

刺激が強すぎたお詫《わ》びなのか、感じるところだけを指先で柔らかく捏ねられ、最後は猫の鳴き声のようになってしまった。発情しているとしか思えない声に驚いたのは、当の本人である出帆だけではなかったようで、理人が息を飲んだのがわかる。

「……っ、なんて声出してんだ」

窘められ、消え入りたくなってしまった。首を捻《ね》じ曲げて背後の理人を見つめ、出帆は涙目で詰る。

「って……、だっ……て」

「ん……」

「誰……の、せい、で」

息も絶え絶えに責めながら、被虐《ひぎゃく》的な悦びに浸っている自分がいることを自覚した。人並みの経験は積んできたはずなのに、すっかり為《な》すがままに喘ぐしかない自分を知ったとき、どこまでも堕ちていきそうな気がした。

でも、怖くはなかった。堕ちる先は危うい闇の中ではなく、甘美なもう一つの世界であることを予感しているから――。

少し愛撫を緩めてくれた理人から視線を逸らし、出帆は壁に掛かった大きな抽象画を見つめながら呟く。

「櫻井さんが言ってた……俺が理人さんにこんなになってるのは、身体がよかったからだって」

「――え?」

突飛《とっぴ》な台詞に思わず素で聞き返した理人に、度が過ぎる悦楽のせいで虚《うつ》ろな眼差しのまま、出帆はキスでふっくらと腫《は》れた口唇を震わせる。

「理人さん、エッチ巧《うま》いね」

「? ……?」

「俺、どうにかなりそ……ぅ」

ぺったりとシーツに頬をくっつけ、出帆は目を閉じた。このまま蕩けて、シーツの中に溶け込んでしまいそうだと思った。

けれど、理人はまったく別のところに引っかかったらしい。

「誰だ、櫻井って」

指の動きを止め、顔を寄せて聞いてきた理人に、出帆はうっすらと瞼を開けて口唇を舐める。

「俺のこと、あのパーティに連れてってくれた人」

「――……」

「バイトしてるバーの、オー……」

しかし、最後まで言うことはできなかった。指が抜かれ、代わりに熱く濡れたものが侵入してきたからだ。

「あ……あ、あ、あっ」

ゆっくりと、けれど確実に挿ってくる充溢《じゅういつ》に、出帆は堪えきれない声を振り撒いた。シーツに縋りつこうとしたが、ぴんと張ったシーツは指に引っかからずに滑るばかりで、いいように奥まで許してしまう。

何も摑めない心許《こころもと》なさを埋めるように、出帆は冷たいシーツに火照った頰を擦りつけて、大きすぎる体感に煩悶した。

先ほど手に握っていたから、挿ってくるものの熱さも大きさもやけにリアルな存在感を齎《もたら》す。目を閉じて薄い胸を上下させ、何度も唾を飲み込んで、出帆はあえかな吐息を零した。

すべて収まったあと一度だけ身体を揺さぶられ、いきなり感じる部分を先端で擦られて、鋭い声が上がる。

「あ、やっ」

「……、ほかの男の話はするな」

「は、ん……っ」

狂おしい感覚に唆されるまま、出帆は理人の手を摑んだ。あさましいと躊躇う理性もなく、放置されたままの欲望に導く。背後で理人が苦笑した気配がして、全身が焼き切れそうな羞恥を覚えた。

願いはすぐに聞き届けられ、やんわりとそこを包み込まれて、甘い痺れがじんと全身に沁み渡っていく。

「あ、ん、んっ、はぁ……っ」

甘ったるい声で身も世もなく喘いでいると、背中に理人の胸がぴったりとくっついた。耳の裏側に口づけられ、あやすようなそれだけでひどく感じ、シーツについた左の膝がびくっと一瞬だけ跳ねる。

「……理……、あ……、あ、あっん」

敏感な自分の反応に消え入りたくなったが、出帆が居たたまれなくなったのとは裏腹に、理人には可愛く映ったらしい。欲望を握り込む右手が優しく動き、左手で薄い腹を撫でられる。

「かわいい」

「あ、あ……ぁっ、あ」

促されるままに啼《な》いて、出帆は欲望を愛撫する理人の右手に自分の右手を重ねた。更なる刺激を求めたわけでも、制止したかったわけでもなく、ただ手を繋ぎたかったのだ。

背後から耳朶を口唇で挟んで引っ張られ、理人の息も弾んでいるのがわかった。胸がじんじんして、出帆は再び摑むものを探し、左手をシーツの上に彷徨わせる。

それをしっかりと握ってきたのは、宥めるように腹を撫でていた理人の左手だった。

ゆったりと出帆の身体を揺らしながら、背中に覆い被さった理人が耳許で掠れた声で囁く。

「かわいいよ」

「理人さ……」

「かわいい」

何度も繰り返され、出帆は顔を真っ赤にして口唇を嚙んだ。可愛いというのは容姿への形容ではなく睦言の一つだとわかっていたが、普段はどこか醒めた理人がそんな単語を口の端に上らせているのだと思えば、濃い快感に指先まで痺れたようになり、涙が滲《にじ》んだ。

セックスのときだけ雰囲気が違うと前から感じていたけれど、もしかしたら違うのかもしれないと、靄《もや》がかかった頭の中でぼんやりと思う。

最初のマスカレードでわざと女性と絡んで煽ってきたり、別れの日に取り付く島もなく終わりだと一方的に幕引きしたり。意外と負けず嫌いだと知っていたはずなのに、どうして万能ぶりばかり印象に残していたのだろう。

こんなふうに情熱的に愛されることを知っていたからこそ、自分はもう一度逢いたいと願ったのではないだろうか。

抱き締められ、身体の隅々まで調べられて、官能のため息が零れる。嫉妬されるのも、独占欲を見せられるのも、悪くなかった。理人が思う以上に、自分だって感じてる。過去に妬《や》いて、これまでの恋人たちとは違い、期限が過ぎても一緒にいられる存在になりたかった。

「あ、んっ、あ……、あ、あぅ……っ」

動きが速くなり、体内の塊《かたまり》が力を増したのがわかった。息もできないほどぎゅっと抱き締められ、恍惚《こうこつ》とした表情で、出帆は理人の左手を握り締める。

「も……いく、ほんとにいく、だめ……」

「……っ」

「だめ、あ、……――ぁっ」

身体の奥深くで理人が弾けたのを感じた刹那、出帆は全身を震わせて同時に絶頂を迎えた。敏感になりすぎたそこがひくひくと収縮し、理人をぎゅっと包み込む。二人で大きく息をつき、身体いっぱいに満たされた気がした瞬間、出帆はずるっとシーツの上にくずおれた。

身体の中から、理人がゆっくりと出て行く。

それを寂しいと思う前に、出帆は力の抜けた身体を引っくり返された。正面から見つめ合い、どちらからともなく口唇を重ねる。

汗ばんだ理人の背中を抱き締め、出帆はそっと目を閉じて、キスの合間に好きだよと呟いた。

敗北感を味わいながら言わされた最初の告白と違い、二度目のそれは素直に――自然に、胸をついて出てきた告白だった。


余韻を捨ててシャワーを浴びに行くのは何となく気が進まなくて、汗が引くまでと言い訳しつつ、ベッドの中でべたべたする。

指を絡ませたり解いたりしながら、ようやく息が整ってきた出帆は、かねてから疑問だったことを聞いてみることにした。

「理人さん、さぁ」

「……何」

「理人さん、俺のどこを気に入ってくれたの」

櫻井も海野もわかっているらしいことを言っていたが、肝心の本人には謎だ。

問いかけた出帆の顔をまじまじと眺めたあと、理人は呆れたような表情になり、やがて苦笑する。

「普通のところ」

「……ふぅん。理人さんは普段外に出ないし、出るとしたらあんなとこしか行ってないからなのかな。あっちの方が特殊で、俺みたいなのはその辺にいっぱいいいるよ」

礼儀知らずどもの集いを思い出しつつ首を傾げ、出帆は内心で考える。

もっと外に出た方がいいと思っていたが、やっぱりやめた方がいいかもしれない。世の中でいちばん多いのは自分のようなタイプだ、目移りされたら切なすぎる。

しかし、理人は泰然《たいぜん》と言った。

「普通の奴も、だんだん変わっていくものだ」

「……そう？」

「そう」

あっさり頷き、理人は出帆の額に掛かっている髪をそっと退ける。

片肘をついて状態を起こし、上から仰向けになった出帆の顔を覗き込んで、理人は淡々と言った。

「俺は、お前もこの部屋にいる間に変わると思ってた。でも変わらなかった。欲しいものをねだられたり、豪華な食事がしたいと言われたり、そういうことは一度もなかった」

「……それって普通じゃない？」

「違う。だからその『普通』がよかった」

そう言って、理人は出帆に口づける。

「お前と一緒にいたら、人生が楽しいかなと思ったんだ」

「――……」

理人の言葉に、出帆は何も言えなかった。

第三者が聞けば胸焼けしてしまいそうなピロートークの一つだろうが、二週間だけとはいえ理人を身近で見てきた出帆には、その台詞に滲む空虚な退廃を感じずにはいられなかった。手を伸ばし、理人の頬に触れて、出帆は睫毛を震わせる。

平凡な自分だからこそ、彼の贅沢で退屈な日常の彩《いろど》りになれるなら。

「……」

理人から口唇を近づけてきて、キスの予感に目を閉じたとき――出帆はとあることを思い出し、はっと身を起こした。額がぶつかりそうになった理人が抜群の反射神経で避けたために激突は免れたが、さすがにむっとした表情をされる。

「何だよ」

「あ、あの。今の話で思い出したんだけど」

ベッドの上に座り、出帆は神妙な顔で頭を下げた。

「お金、ありがとう。どうしようか迷ったんだけど……、理人さんは俺に二週間の代償として十二万くれたんじゃなくって、あのとき俺がいちばん欲しがってたものをくれたんだと思ったから、更新料に使っちゃったよ」

「……別に構わないが」

「でも、返すから。来月になったらバイト代が入るからそれで――駄目だ、いっぱい休んでたから来月は無理だった。えっと、再来月」

喋っていた出帆は、理人が噴き出したのにびくっと固まった。大笑いしている姿もあまり見たことがないので、しばし呆然としてしまう。

あんまりにも笑って、しまいには咳《せ》き込み始めたので、大丈夫だろうかと首を捻《ひね》ったときだった。

「やっぱり、お前は面白いよ」

肩を震わせながら理人が言い、出帆の肩を抱き寄せた。口唇の端に小さくキスをして、抱き締める。

「俺が十二万渡したのは、もちろん出帆が考えているとおりの理由だったが、返さなくていいと言ってもお前は返すんだろうな」

「そりゃそうだよ」

「わかった。――じゃあ、ゆっくり返してくれ。来月でも再来月でもなくていい、少しずつ、長く」

笑みを含んだ声で囁き、理人は出帆の襟足に額を押しつけた。

「その間は、確実にお前は傍にいると思うから」……。

＊　＊　＊

普段は不況の煽りかまったりした店内だが、金曜日の夜は忙しい。狭いカウンターの中、海野がシェイカーを振る横でグラスを磨いていた出帆は、カウンターの一人客が煙草を咥《くわ》えたのに敏感に気がついた。

ライターがどこに置いてあるか、もう手が位置を覚えている。下を見ずに手に取って、出帆はカウンター越しに客に火を差し出した。カチリという音のあと、客が悠然と煙を吐き、「ありがとう」と告げる。

どういたしましてと首を振ったとき、入り口のドアが開く音がした。

「いらっしゃいませ」

営業用の笑顔で挨拶した出帆は、入ってきた客が理人だとわかり、ぱっと顔を輝かせる。

「すみません、海野さん」

理人の姿を見た瞬間、表情こそは変えないもののやれやれという雰囲気を醸し出している海野に一言断って、出帆はカウンターを回るとフロアに出た。戸口で立ち止まっている理人に気づき、声を潜める。

「お疲れ」

「あぁ。……満員？」

「うん。ごめん……悪いんだけど、いつもんとこで待ってて。連絡するから」

手短に会話を交わし、出帆はUターンする理人を見送った。ドアを閉めてカウンターに戻ると、海野が出帆にだけ聞こえる声で言う。

「佐野くん、彼と結構続くね……」

「え？　ま、まぁ。……はい」

曖昧な返事になってしまうのは、海野が未《いま》だに理人を気に入っていないのがわかることと、照れくさいせいだ。咳払いして上気した頰を冷まし、出帆は再びグラスを磨き始めた。

理人と再会してから二ヵ月——海野の言葉どおり、交際は順調だ。出帆は土曜に理人のマンションに向かい、そこで週末を過ごす生活を送っている。二人で出かけ、出帆がプランしたチープな遊びに興じたり、理人が高級レストランに連れて行ってくれたり。出かけない日は、あのモデルルームのような豪華な部屋で一緒に料理を作ったりダーツをしたり。楽しい日々だ。

二人でいるときの過ごし方は、期間限定の二週間と概《おおむ》ね変わらないものだったが、きちんと想いを通わせ合ってから変わったことは幾つかあった。正月を迎えて年が変わったし、出帆は冬休みに入ったのをいいことに櫻井にこき使われて店に詰めていることが多くなったし——そして、理人は自分の会社に出社するようになったのだった。

出帆が勧めたわけではなく、彼が自発的に生活スタイルを変えたわけだが、出帆はその方がいいと思っていた。社に出て仕事をするようになった理人が、新しい会社を立ち上げた鈴木からの連絡を待っているのは、なんとなく感づいている。いつか鈴木が割り切って、『自慢の友達』に会いたくなったとき、連絡をくれたらいいなと思うのだ。

月曜から金曜までオフィスに顔を出す理人は、金曜の晩にこのバーに寄り、閉店まで飲んで出帆とともにマンションに向かうようになった。今日のように混んでいて席がない日は、向かいのビルの喫茶店で時間を潰してもらい、カウンター席が空いたら携帯電話に連絡することになっている。お互いが改めてきちんと教えあった、携帯番号だ。

拭いたグラスをしまっていると、海野が小声で言った。

「話とか、合うの？」

「まぁ……それなりに」

「そう……」

付き合いを歓迎していないオーラを感じ、それも自分を思ってのことだと知っている出帆にしてみれば複雑な気分なのだが、やっぱり好きなので仕方ない。

グラスを並べつつ、ふと隣の棚に目をやって、出帆は口許に笑みを刻んだ。

資産家の恋人でよかったなと、一つだけ思うことがある。海野と櫻井が自分たちの交際をあまりよく思っていないことを出帆がちらりと漏らすと、理人はすぐに高いボトルを必ず入れるようになったのだ。閉店が近づき客がいなくなると、従業員であるバーテンダーにも奢《おご》ってくれるため、海野も何も言えないらしい。櫻井に至っては、上客が確保できたとほくほく顔だった。

でも、特筆すべき利点はそれくらい。あとはいたって、普通の恋人同士の付き合いだ。

平日はメールを送り合い、週末はデートする、そんな平凡な毎日はとても楽しい。

「ごちそうさま」

カウンターの端の客が財布を取り出したのに、出帆はカウンターの下で小さく切った紙に金額を書いた。革製のキャッシュトレーに載せて差し出し、会計を済ませる。

「ありがとうございました」

落ち着いた雰囲気の店に相応《ふさわ》しく丁寧に礼を言って、それから出帆はこっそり携帯電話を取り出した。手早く操作して理人の携帯電話にコールだけ鳴らし、すぐに切る。

フロアに回り、カウンターを片づけていると、海野が呆れた目を向けてきた。理人が来るまでの間に別の客が来てしまうと困るから、さり気なくブロックしながら後片づけしているのに目敏《めざと》く気づいたらしい。

少し恥ずかしかったが、出帆は開き直ってもいた。週に一度の逢瀬《おうせ》なのだ、どうしたって心が浮き足立ってくる。

綺麗にカウンターを拭いた頃、店のドアが開く音がした。

「いらっしゃいませ」

振り返り、そこに理人の姿を見つけて——出帆は満面の笑みで席に案内したのだった。

あとがき

リブレ出版さまではははじめまして。うえだ真由です。このたびは拙著をお手に取ってくださって、ありがとうございます。

イラストをつけてくださったのは、麻生海先生でした。私がなかなか原稿を上げられなかったせいで、何度もスケジュールを調整していただくことになり、大変なご迷惑をおかけしてしまいました。もうお断りされるかも、と覚悟していたので、最後までお引き受けくださったときは涙が出そうなほど嬉しかったです。お忙しい中、本当にありがとうございました。

また、制作に携わってくださった方々にも心からのお礼を申し上げます。特に、現担当さまと前担当さまにはとても感謝しています。いろいろとお気遣いいただき、ありがとうございました。

最後に、お読みくださった方に心からの感謝を申し上げます。リブレさんらしく華やかなお金持ちの攻で！　と思って気合いを入れてプロットを切ったのですが、出来上がってみれば普段の私と大差ない日常ものになっている気が……。読んでくださった方に楽しんでいただけたらいいのですが……！

久しぶりのノベルズですが、お忙しい毎日の息抜きになれば嬉しいです。

四月　うえだ真由

◆初出一覧◆

純愛の仮面舞踏会　　／書き下ろし

ビーボーイノベルズをお買い上げいただきありがとうございます。
この本を読んでのご意見・ご感想をお待ちしております。

〒162-0825 東京都新宿区神楽坂6-46
ローベル神楽坂ビル４階
リブレ出版㈱内 編集部

リブレ出版ビーボーイ編集部公式サイト「b-boyWEB」と携帯サイト「b-boyモバイル」でアンケートを受け付けております。各サイトにアクセスし、TOPページの「アンケート」から該当アンケートを選択してください。（以下のパスワードの入力が必要です。）
ご協力お待ちしております。

b-boyWEB　http://www.b-boy.jp
b-boyモバイル　http://www.bboymobile.net/
（i-mode, EZweb, Yahoo!ケータイ対応）

ノベルズパスワード
2580

BBN
B•BOY NOVELS

純愛の仮面舞踏会《マスカレード》

2009年5月20日 第1刷発行

著者――うえだ真由

発行者――牧 歳子

発行所――リブレ出版 株式会社
〒162-0825
東京都新宿区神楽坂6-46ローベル神楽坂ビル6F
営業 電話03(3235)7405 FAX03(3235)0342
編集 電話03(3235)0317

印刷・製本――凸版印刷株式会社

Printed in Japan
ISBN 978-4-86263-469-6